啊，苦瓜

杜青钢◎著

深圳出版社

图书在版编目（CIP）数据

啊，苦瓜 / 杜青钢著. -- 深圳：深圳出版社，
2025. 4. -- ISBN 978-7-5507-4263-5

Ⅰ. I247.5

中国国家版本馆CIP数据核字第2025Q7S140号

啊，苦瓜
A，KUGUA

责任编辑　何旭升
责任技编　梁立新
封面设计　花间鹿行

出版发行　深圳出版社
地　　址　深圳市彩田南路海天综合大厦（518033）
网　　址　www.htph.com.cn
订购电话　0755-83460239（邮购、团购）
设计制作　深圳市龙瀚文化传播有限公司 0755-33133493
印　　刷　深圳市希望印务有限公司
开　　本　889mm×1194mm　1/32
印　　张　7
字　　数　90千
版　　次　2025年4月第1版
印　　次　2025年4月第1次
定　　价　38.00元

目录

引　子

在同事老周家里，我认识了拜尔唐·杜邦。依从汉字联袂，我们当称跨国本家。单个说，"拜"表敬佩，"唐"代中国。日月交梭一星期，两人成为铁杆挚友，隔三岔五，心有灵犀。拜尔唐属马，大我五岁，在巴黎某高中教历史，熟谙明史，醉心写作，已出两部小说，自称苦瓜作家。新纪元刚过三个月，长江出版社出版了他写朱棣的《光明之路》，由老周翻译，风动一时。借来武汉推书之机，我请挚友在武汉大学法语系做了三场讲座，效果绝佳。由此惊动一双无形的手。第二年，巴黎DDB出版我的法文小说《主席辞世》，特邀拜尔唐做责任编辑。围绕书稿的修改，我们相互写了二百一十六封信，明显提高了我的法语思维和笔头表达能力。

拜尔唐祖上收集中国文物，他曾爷与法国著名作家谢阁兰交往密切，父亲富甲一方，家里藏有众多华夏珍奇古董。在他位于巴黎的三室两厅里，我用宋代的碗喝过黄陂绿茶，拿唐代的砚当过一次烟灰缸，砚底阴刻武则天专用的一个"曌"字。轮到我去巴黎推书时，拜尔唐之父给他拨了五千欧元，专门用来请我到餐馆吃饭，美酒佳肴加深了我对法国文化的理解。回国前我去话别，挚友拿出一幅《苦瓜图》，声称是石涛大作，绝对真品，委托我交送给湖北省博物馆。当年他来武汉，我陪他参观战国时期曾国的国君曾侯乙的展览，适逢老同学胡伟庆当主任，让他看了编钟本尊，又送两件特色礼品。拜尔唐十分感动，当场表态：我要为湖北省博物馆做一点贡献。我和同学都以为他是随口说说而已，没想到，他动了真格。他反复强调，让珍宝回家，是古玩收藏的最高境界，落点在机缘。

我却拒绝了挚友的委托，因为一个月后，他将再来武汉大学讲学，《苦瓜图》他自己带，更庄重得体。上玄下黄左红右白，地球抖一抖，尘落如山。挚友来武汉的前两天，我接到他父亲的短信：拜尔唐在家中寻了短见，一半出自爱情纠葛，一半源于抑郁症。我僵呆许久，声声感叹人生无常。后来得知，拜尔唐服毒别命时，饭桌上还摆着半盘牛腩苦瓜，那是他的烹饪绝技，也是他的自画侧影。

神圣的文字却在延续着什么。离开巴黎那日，拜尔唐送了我一摞打印稿，有他的十五篇散文、两首诗，附加女友克莱尔的诗七首。两位的三篇作品我用到小说里，翻译尽可能忠实原文。

说起来都是缘分。五岁那年（1964年），我从奶奶手里得到一册彩图集，那是我记忆中的第一本书，满眼豆芽字，一条大河流过去，两岸古楼林立，各式各样，五彩缤纷。靠后耸个苔大铁塔，尖尖的，比家乡的木兰山还高。女的妖艳嘴鲜红，像喝了人血。男的鼻子又高又长，头发打卷卷。后来确知，那是一本介绍巴黎的法语教材。来源是个谜，我只知道，很久很久以前，奶奶在法租界附近做过小生意。同此一年，十岁的拜尔唐在巴黎识得第一个汉字"道"，拉尔神父（《老子》的著名注译者）如此向他解释：这是老子的大脑，这是老子的心脏，老子的《道德经》只有五千个汉字，继《圣经》之后，它的译本最多，"道"可分拆为走之底上一个脑袋，学好了，走遍天下都可高高抬起头。也是在这一年，中法建立了外交关系。

　　缘里套缘分，从十二岁起，我开始学

法语，1982年初留校任教。法语讲坛，至今我站了四十一个春秋，此刻还在教法国文学。在长江与塞纳河之间，我来来回回走了半个多世纪。碰碰撞撞交交合合，再融通，我获取诸多新视野、新思维、新笔法。安身立命于两种文字，我里外快乐，常常神怡，还养活了一家人。

酷爱《道德经》的拜尔唐还有一个惊世大发现：老子离开函谷关后，去了高卢（当今法国），因为函谷的汉语拼音为hangu，han代表汉，gu指高卢（gaule），也可以说是高卢的缩写。拜尔唐拥有的证据表明，970年以前（具体月日有待考证），老子在今巴黎圣母院旁的巨石上刻了一个半米见方的大字，建教堂要毁石碑，某学者以为是埃及文字，拓了三张麻布片。实际上是一个篆体的"道"字。泰然运行，天与地，拓片之一落到拜尔唐祖爷手里。

《道德经》也是我的床头书，当年我在

巴黎第八大学做博士论文，主要依托老子的虚实观解读法国诗人米修。拜尔唐与米修交往 20 年，外加著名学者程抱一。

一、走江城，嚼文字

两眼大如灯笼，罗贝尔专心看烤烧饼，我陪随其左，闲览过往行人。转过身，却发现一个小男孩在拽罗贝尔手上茸茸的长毛，扯两下，仰头望一眼。罗贝尔微微笑，男孩受鼓舞，继续轻轻拽。我屏声乐眼旁观。年轻的母亲走过来，拍拍孩子的手，柔声责备："又调皮啦，哪能扯外宾手上的汗毛，没礼貌。"我及时翻译，罗贝尔会几句中文，和蔼开解："他恨（很）有礼貌，一直在笑。"小巷一角的围观者乐开了花。分别后小男孩喋喋不休地跟妈妈说，那么多毛，又黄又长，眼珠滴溜，好像孙悟空哟。我定眼看好友，果然如此。罗贝尔高高的个，偏瘦却壮实，圆头脸偏长，下巴比较尖，头顶几近光秃，物质不灭，黄毛全长到手脚上去了，接近猿猴，蓝色眼睛里却闪烁才华，饱含知识，滚动如火的激情。异点在于，他没戴紧箍儿，神态自由，举止舒朗，没有我的瞻前顾后畏畏缩缩。

烧饼已烤好，我买了两个，与罗贝尔一道走向茶馆。适逢周六，天已大黑，风光村曲延六七百米，楼挨楼，一路小店，各自忙碌，热火朝天。罗贝尔深情赞叹：放眼全世界，中国人最勤劳！我听了却眼白透黑，别样感慨。在巴黎，我待了六七年，每逢周末，法国人通常歇业，却忙坏了华侨。外景通内情，河面起涟漪。法国自然条件优越，人口少，民众更会享受。我们人多资源少，不拼搏，活不出个人样。在勤劳的背后，我窥见一个民族的艰辛，自豪里夹杂几分酸楚。如此看世界，得益于法国大符号学家罗兰·巴特。从日常小事里，他常常能看到另一番景观。刚才坐在东湖边，我和罗贝尔久久讨论巴特的《现代神话》，那是二十世纪的人文杰作，是巡视地球的第三只眼。我们一致认为：要透彻了解中法文化，必须精读巴特的符号学著作。

晚风开始凉爽，我们找两个临窗座位，点一壶龙井，慢慢品烧饼，相当于宵夜。两人口奔江河，点评人生，粪土世界，重点摆谈康熙与路易十四。罗贝尔在巴黎教高中历史，热衷明清史，酷爱写作，已出版三部小说，其中一部讲朱元璋和朱棣。我做江都大学法语系主任，请他来讲学，五天六场，掌声雷动。主讲法国大革命，最后把法国历史拉了一遍，学生受益匪浅，觉得其中货真价实的内容多。那个简描年表做得真好，凡二百三十字，通透精绝，五分钟可简知法国史：公元前 52 年，恺撒征服高卢，在罗马统领下法国人过了四百来年安定生活。481年，克洛维建立墨洛温王朝。751年换成加洛林王朝，查理大帝顶其梁柱。987年让位于嘉佩王朝，分两个支派，至1328年称瓦卢瓦，到1589年为波旁。路易十四抵达集权顶峰。1789年爆发大革命，发表《人权宣言》，那是法国人最看重的奶酪。三年后，建立法兰西第一共和国。1804年拿破仑创立法兰西第一帝国。1814年波旁王朝复辟。1830年路易·菲利普当政。1848年成立第二共和国。四年后拿破仑三世建立第二帝国。1870年宣布成立第三共和国，1946年成立第四共和国。1958年戴高乐建立第五共和国，延至今日。与此相应，罗贝尔还说了一句掷地有声的话：看似眼花缭乱，简化下来，法国就这么十几件事，很多时候，我们要会做减法，老子说得好，大小相形，为道日损，致虚极，万物并作。

那几日，我一直在心头盘算，若能请

罗贝尔做我们学校的外教，那该多好！经验表明，法国中学教师最适合教国内的本科。只是我们给的薪酬不高，而罗贝尔的职业属公务员，不一定肯来。还有一个非凡背景。他教学有口皆碑，学生酷爱，校长夸奖。每年中学会考（类同我们的高考），历史科目出题由他主持，扬名业内，我的愿望只是空中楼阁。

接下来的十多天安排旅游，也称文化考察，夹杂一两场其他大学请他做的法语讲座。明早参观湖北省博物馆，那是法国人的大爱。我有个同学叫常丽，在编钟厅当主任，已打过招呼，顺好了参观环节。

吃下最后一块烧饼，罗贝尔感慨：面里乾坤大，各有高招，这土灶火烧不比法棍差。我喜欢武汉，又叫江城。我家里有个水园。江都大学浑身是宝，在粗野与文明之间，珞珈山为我辟出一条创作新道。我真诚叫好。再聊一会儿两人酷爱的《道德经》，各自回府。罗贝尔住校内宾馆，沿山脚走一截等同美妙散步。

我也住在校园内，偏东头，北靠珞珈山，凭临浩渺东湖，四周香樟和银杏挺拔，树龄有的近千岁，传说由大书法家米芾所栽。满眼的草坪分外悦目，花坛各自妖娆，我们经常被鸟叫醒。家里阿姨很能干，无须我做家务。父亲病故后，我悉心侍奉老母。每当老人家念叨"婚归婚离是离，你该再找个人"，我就认真微笑，乐乐安抚：老娘放心，面包会有的，牛奶也会有的。这是《列宁在十月》里的对白，那部电影母亲看了好几遍。罗贝尔深谙中国孝道，几次嚷嚷要去看我娘。我识其秉性：一心二用他捉襟见肘，专心会造出学术辉煌。讲座结束之后，再请他去我家。

母亲七十过六，普中不凡，她没上过学，通过夜校识得四千多字，能写会算，从水泵工、库管员、工代表一直做到水泥厂的工会主席。老人家最大的自豪是："那几年我保护了一批知识分子，包括一位著名作家。"说来道去又回到了文字里。我刚用法语写了一部小说，叫《主席辞世》，一百二十页，厚薄类似杜拉斯的《情人》。见罗贝尔的第二天，我把文稿交给他，庄重置语：这是我写的第一部法文小说，讲"文革"期间我学法语的故事，由二十三个短篇小说构成，有空瞄一眼，多多指点。罗贝尔翻一会儿，庄重回复："感谢你的信任，我认真拜读，看完我们在宾馆一楼咖啡吧好好聚一聚。"由法国作家把关，我会长足进步。我很期待，这等良机并非人人都遇得到。

地球绕太阳才转两圈，罗贝尔的极简史在我脑中泛起涟漪，一道道漾向绚亮处。华夏历史比法兰西长二千五百多年，简化起来更简单。用老子的话说，叫损而又损。且看我们的年表：夏商周，秦汉三国，魏晋南北朝，隋唐五代十国，宋元明清，民国中华人民共和国。才三十一字。用字最多名称最靓的只有七十三年（至2022年），在历史长河中只算很小一个点。坐标于宏大空间，意味更悠长。我们安身的地球比月亮大四十九倍，很大很大，却仅是太阳的一百三十万分之一。人类已知最大恒星斯蒂文森218可以装下一百亿个太阳。如此着眼，地球只是宇宙的一粒微尘，何况球面上的人。然而，当人睁眼看无云的夜空，又能看到无数比地球大百千亿倍的星球。人心堪称小宇宙。

受罗贝尔的简史启迪，我遥思元祖，在从巴黎回武汉的空客上，我突然领会人类小与大的辩证法，获得全新宇宙观。从那一刻起，我为人为文更加豁达自在，更会在夹缝里生存。

确切地说，我认识罗贝尔只有十个月。新纪元刚过半年，他的《光明之路》译成汉语，由长江出版社出版。译者老周与我是同事，又是黄陂老乡，我是在他家见到罗贝尔的，才说几句话，便觉相见恨晚。我们都恋文学，奋力码字，热爱苦瓜。那天晚上，三人聚焦倾谈才出版半个月的《光明之路》。

首先给出小说梗概。洪武末年，两位法国人来到中国，一位是朱元璋的旧友、痴迷中国古籍的马丹修士，同行的贝特朗是个商人。来华不久，两人便卷入朱元璋、吕妃、朱棣以及皇太孙朱允文等围绕皇权展开的明争暗斗。诚挚英俊的贝特朗与洪武帝义女红月一见钟情，双双坠入爱河。

罗贝尔熟识中国文化，谙识明史，无论写宫廷斗争，还是乡俗民情，均有一定的实存感和迷人度。在他笔下，北平的宫墙、成都的茶馆、江南的烟柳都活灵活现，丰姿多彩。故事一路精彩，也夹带些许私货。关于建文帝的下落，民间有个传说：

祖父朱元璋给他留了一个匣子，里面装了一件袈裟，一把剃刀，一个通牒，几两碎银，一封信。估计罗贝尔不缺钱，他抹去碎银，添加僧鞋、僧帽和一面镜子。给出一个信息，来自时装之都的作者更看重衣着与容颜。在朱元璋给长孙的信里，罗贝尔写道："也许你会在惊恐与危难中度过余生，但你是自由的！这种自由乃无价之宝，你需守护好它，直至你最后一息。"我觉得，这样的话朱元璋断断说不出，它只能出自《人权宣言》，是法国奶酪的第一要素。但作家拥有张冠李戴的特权，变通好了，可以出杰作。

还犯了个小错误：朱棣推翻建文帝登基时说了这么一段话："朕，昔日燕王，如今是先帝所欲创立之大明第二代君主，传圣旨意，令天下皆宣呼朕之年号，永乐，永享快乐。"实际上，朱棣称帝后先恢复洪武年号，再改元永乐。结尾时作者宣称：

"朱棣知道自己将名垂青史，但他那时还不知道他将成为中国最卓越的君主之一，不知道对其子孙后代来说，那条光明之路将把他从此引向辉煌与不朽。"这个评语有一定见地，明朝两百多年，朱棣皇帝最出色。罗贝尔还透露，为写这本书，他学了两年汉语，读尽法语版《明史》，来中国三次，去北京住了一个月。故宫他看了十二遍，最长的一天待了十小时。三十万字，他写了八年，接近十年磨一剑。他反复声称，想获得时间的青睐。

最后一句与我的文学观吻合。时间爱沟沟坎坎，也爱点横竖撇捺，甚至更爱。得时间喜欢，堪称人类文学的最高境界。某个声音曾对我说：天地玄黄，光阴定眼看你一眼，就是地球上的两千年，类似永恒。在幅员辽阔的中国，最受时间青睐的人物当数老子。《道德经》已铸成金书，到处镶钻石，闪烁七十二种语言的奇光丽彩。

西方则有苏格拉底、柏拉图、亚里士多德、荷马、维吉尔等。我们还有孔子、庄子、孟子、孙子、墨子。有天行健和关关雎鸠。排在第一位的，还是圣经，无须加书名号。

按约定的时间，我陪罗贝尔来到湖北省博物馆，常丽在编钟馆门口迎候，开口说法语：Soyez le bienvenu（欢迎您）。罗贝尔同语应答，调头向我惊叹：你的老同学会说法语！我如实交底：中学我们在武汉外语学校同学，学了六年法语，许多故事都写进了《主席辞世》。罗贝尔连声叫好，改用中文说：恨高兴，人事零（很高兴认识您）。同学操法语承接：C'est partagé（彼此彼此）。我乐乐旁听两人反串，像看梅兰芳唱戏。

寒暄过后，一同进展厅，耳机已备好，有法语频道。罗贝尔看得极其认真，常常躬着身。常丽间或补充几句，锦上添出好几朵花。到末尾把所有游客都看走了，罗贝尔还在看，不停惊叹，连续提问，最后伫立编钟玻璃墙外，心潮起伏，敬仰至少一刻钟。

中午在常丽办公室吃工作餐，一饭三菜，附排骨藕汤。罗贝尔高声赞颂：好吃好吃，真好吃，在编钟旁用餐，味道很奇妙。常丽真诚夸赞：我在这儿工作了二十三年，您是我所见的看得最投入的外宾。罗贝尔坦直交底：我的祖上收集中国文物，家族酷爱中华，我也是。每次看到贵国的珍品，我都忘我忘他忘世界。

饭过常丽又宣布：基于特殊缘分，今儿让你享受一次国家元首待遇，我们去密藏室看一看六十五件编钟真品，至今只有主席和克林顿去过。

正午骄阳烈烈，大厅空无一人，三人下到负一层，进入真迹室。罗贝尔目瞪口呆，嗫嚅半天才说出：我能摸一摸吗？常丽说可以，但不能久待，真空储藏室一次进人不能超过十分钟。罗贝尔两眼闪烁，黄发飘动如火，伸出双手虔诚抚摸，仿佛在大教堂里做世纪大弥撒。沾他老兄的光，我也把几十件国宝全摸了一遍，还拿木棍敲打了几下主钟。

返回办公室，常丽又乘兴说起编钟流泪的故事。按铭文计算，这套钟存了2470年，1978年入馆，原件只出过两次门。第一次是1984年，逢国庆三十五周年，去中南海给外国大使演奏了六个曲目，震惊国际；第二次是1997年香港回归，原件运到维多利亚湾，配奏《天·地·人》，响彻苍宇。出门的头两天，晴空万里，气候干燥，装箱时却发现，钟面渗出一层水。到了子夜，突然下暴雨。两次都一样。当时我茫然，后来开悟：那是离别情，天地人在感应，音韵通天达神。我脑中一亮，想起佛教六字真言：唵嘛呢叭咪吽。

罗贝尔联袂喟叹："西方崇拜的理性只

是开启地球的一把钥匙，人类还有很多别的钥匙。蒙田说得好，面对大千世界，我们要自问一句，我知道些什么，人世间有一双无形的手。"我插话："语言里也藏了许多金钥匙，仓颉造字天雨粟鬼夜哭，说明汉字的创立触动了宇宙最敏感的一根神经，拼音拨动另一根神经，人类文明以语言为轴心。"罗贝尔问常丽："法语'我爱你'有十二种常用表达法，你会几种？"常丽猛然愣住，想许久坦直说："我一种都不会。"罗贝尔惊愕："你法语说得这么好，最常见的那三个词也不会？"常丽嗫嚅："老师没教过。"

我诚恳作证："我们学法语那阵，教材里全是政治口号。动词 aimer（爱）第三课就出现了，却都带高大上的宾语，比如：我们热爱毛主席，我们热爱天安门，或者热爱劳动，热爱集体。全班四十人，没几个知道 aimer 可以儿女情长。情到激越处，我们只说：我对你充满深厚的无产阶级革命感情。或者诗性高喊：让我们迎着红太阳，比翼双飞，翱翔蓝宇。我比较幸运，初三买得盗版《小拉鲁斯词典》，查到 Marie, je t'aime（玛丽，我爱你），我满脸通红，心惊肉跳，仿佛做了一回贼。"

职员端来茶水，罗贝尔喝几口又问："你学法语六年，记得最熟的是哪一句？"常丽脱口而出："N'oublions jamais la lutte de classes。翻成汉语就是：千万不要忘记阶级斗争。"罗贝尔睁大眼，半天说不出话，过许久才小声嘀咕："明清还没有完全结束。"

常丽两点钟有个会，便吩咐同事："让他们在办公室休息，下午的编钟演奏，你带两位下去。"罗贝尔有备而来，送上一瓶迪奥香水，同学接了，十分开心。天空湛湛蓝，东湖的水浪呀嘛浪打浪。看过编钟演奏，罗贝尔久久沉默，上了车又模仿编钟音色，哼起贝多芬的《欢乐颂》，那是编钟演奏的最后一个曲目。开场的唐曲更迷人，他哼不出，我更是音乐盲。罗贝尔再次声称：获此特殊待遇，我一定要为湖北省博物馆做点贡献。

晚上九点，我接到罗贝尔的电话："明天上午十点有空吗？"我连连说有，反问有何贵干。他说："讲座完了，我想去拜访你母亲。"我欢呼："欢迎欢迎，热烈欢迎，中午就在我家吃个便饭。"罗贝尔细说："没有时间了，十点我坐车到你家，司机等我一小时，再把我送到中南财大，我和那儿的法语老师吃个饭，下午我要做一场讲座，一路有学生陪同。"

我宽心一笑，给他写了家里地址。罗贝尔又叮嘱："考验考验，明天见面头五分钟我用中文自己应对，后面你再翻译。"我一个劲点头。

听说外宾要来访，母亲异常激动，临

三更，服了安眠药才睡着。罗贝尔到来，她亲自去开门。"您好，熊妈妈。"母亲回："你好，萝卜先生。"这等简化属于原始创新。两人都听懂了对方的话，各自都很自豪。安坐后，阿姨上茶端来水果，罗贝尔喝一口龙井，恭敬说：熊妈妈，您身体很健康，这是人类的最大幸福。母亲回复：托福，托福。罗贝尔愣愣地看着我，我用法语解释：托福即托你的福，相当于谢谢。后面越说越岔。母亲一激动只说黄陂话，泡吧个（十多个）、作聂（努力）等词句，罗贝尔压根儿听不懂。才谈两分钟，我被迫登场翻译。按中国习俗，我先引客人在屋内转一两圈。再落座，罗贝尔情不自禁忆旧思甜：近二十五年，我三次来中国，见证了中国的巨大变化。七十年代末在北京，买肉还需要票证，厕所几乎都是公厕，白蛆到处爬，经常几代人住在一间房里。再看现在你们一家，三室两厅一厨双卫，少说一百三十平方米，电视、冰箱、洗衣机、空调啥都有，卫生间也现代，一点不比法国差。母亲应景声明：要感谢邓小平，感谢改革开放。我们还要以人为本，坚持科学发展观。我暗自欣语：做了工会主席就是不一样，老娘把时令词语都用上了。

母亲轻声吩咐，阿姨去房里拿来一张拍立得照片，带木框，交予罗贝尔。母亲和蔼探问：能猜出来这张照片的意思吗？罗贝尔看许久，满脸困惑，我瞟一眼，又是外教的作品，拍于上个世纪八十年代初，但见一面窗，分上中下照出三排脑袋，大多是十二三岁的学生娃，个个眼里闪动好奇和兴奋。母亲自豪地解释："这辈子我接待了两个外宾，都是法国人。第二个在今天，是萝卜先生，我很荣幸。第一个是牛二的法语外教，叫玛丽，接近六十岁，来自巴黎，她很喜欢牛二。1980 年暑假，牛二有事留川外，外教来武汉游三峡，由一个学生陪着，顺道要来看一看我们，通过外办下的通知。那个时候，我们住在青山工人二村，比较偏僻，用隔壁王大爷的话说，有文字记载以来，楚国至今两千八百年，那旮旯从来没有来过西洋人。街道很重视，动员做了大扫除。牛二他爸去钓鱼，想添一个好菜。外教和学生坐上海牌小车来的，下车走一段，围了上百人，派出所怕出事，又加了四个民警。可我刚才看到，你是一个人来的。玛丽到我家，后面跟着二三百人，五六个警察维持秩序，外加街道的工作人员。我和玛丽唠家常，窗口被脑壳塞满，门也堵了，伢们搭着板凳围观，大白天我要开灯，外教用拍立得照相机拍了这张照片。"

父亲晚回后悔不迭。外教走后邻里赞不绝口，我们就此又说了一阵子。罗贝尔全神贯注，兴高采烈，猛然看表，心中一暗，不断道歉：熊妈妈的故事很精彩，我还想听，可惜后面还有公务，下次我再来听您往下细说。

然后，他拉开大背包，送给母亲一件澳大利亚羊毛背心，前开的那种，精美无比，我们叫小开，外加一盒高档巧克力。母亲回赠两筒黄陂绿茶，顺手放下对方的礼物，眼中热情燃烧。看得出，老人家很喜欢那件背心。我当即拆开包装，把小开披在母亲身上，母亲喃喃责怪，客人没走你怎么能开包？这一句我没翻译，罗贝尔却猜懂了，脸上浮出会心的微笑。我对母亲说，这是法国人的习俗，当面看到衣服合身，他们更高兴。母亲瞬息领会，坦诚说：这个羊毛真柔软，真好，穿上好暖，我第一次见，非常喜欢。这几句我一字一句译出，罗贝尔用中文兴奋地嚷道：熊妈妈，您开心，我幸福。母亲听懂了，脸上开出一朵大牡丹。

送走罗贝尔，母亲欣然评论：萝卜先生蛮有孝心，是个好洋伢，不简单。那一大盒巧克力，老人家留到过年才拿出来，后辈们都说好吃，国内见不到的好。母亲更加自豪。

　　火急火燎等了一周，我终于和罗贝尔坐到宾馆一楼咖啡吧里，主谈我的书稿，附聊野外考古。罗贝尔道：你的大作，我一字一句读完，不是恭维，写得真好，我尤其喜欢第一篇"将法国人从水深火热之中解救出来"，事体感人，细节生动，语言精简，反讽锐利；外加第11、15、16、21等篇目；压抑的爱情被你写得很绚丽；《主席辞世》一章写你们各种各样的痛哭，一路你用了白描，只写细节，不分析不评说不感慨，有如日本俳句，这种笔法很吸引法国读者，罗兰·巴特称之为"零度写作"。不足之处，篇与篇的衔接还可多样化一点，再精巧一点，多一点呼应和补合，加强单篇与总体的妙合。他的建议很宝贵，我拿出小本，一一记下。罗贝尔喝几口茶，严肃地问：法国出版社，你联系好了吗？我坦言：没有，这是初稿，我还要改。罗贝尔道：有几个小错误，我都改了，不明白处我打了问号，有些地方我给了具体建议，出书时可能还要润一润色，参考我的意见，你再改一改，不用全听我的，关键要走你自己的路，走出自己的特点。我回去之前你给我一个阶段性定稿，到巴黎后，我拿去给我的出版商看一看，DDB在法国声誉挺高，马克社长有眼力，我相信他会喜欢的。我连声感激，却没寄太大希望。《主席辞世》是我的初试，心中压根没有底。

还我书稿时，罗贝尔慎重提议：明天我想请常丽吃个饭，我们一起去，意下如何？我满口答应，去宾馆前台打了个电话。常丽当即应允，让我稍等，片刻回电，说她还请了一位著名考古专家，叫卓然，是武汉大学考古专业的学科带头人。这位大咖我认识，我们住同一小区，打过几次招呼，却没有深交。

餐馆定在湖锦，那是湖北当时最好的吃处。通常来说，法国人比较吝啬，罗贝尔却鹤立鸡群。人参海参每份七百元，他点了四份，加一瓶茅台，花去四千，其他菜一千多，一餐吃掉我两个月的工资。卓然格外高兴，他精通明史，意外找了个法国知音。两人英语都好，交流顺畅。罗贝尔在外读的明史与国内的有差异，糅合一起各有收获。吃到末尾，卓然问罗贝尔：湖北新近发掘了一个大墓，叫九连墩，在枣阳，离武汉二百五十公里，感兴趣吗？罗贝尔立刻回答：感兴趣，感兴趣，我很想去。卓然却顿住，略带歉意说：差点忘了，你是外宾，我需要请示上级。说完拿出一个砖头式的手机，接通了领导，着重强调，罗贝尔是法国的明史专家，热爱华夏，在长江出版社出版了关于明代历史的小说，对楚文化有独到见解。领导立马答应，罗贝尔手舞足蹈，一瞬更像孙悟空。

卓然又给工地打电话，安排好住处。九连墩是九座联脉古墓，修建于战国中后期，安葬楚国近十代封君。因修高速公路，发掘了一墩，内含两座大墓，夫妻合葬。一号夫墓被盗过，但未触及棺椁，礼器俱在；二号妻墓保存完好。

翌日，我们登上卓然安排的越野车，他陪我们去。抵达东赵湖村，天已黄昏。工地临村，考古队租了一栋楼。我和罗贝尔住农家，一人一房，卧具是新买的。厕所却在屋外，石头做的那种，旁边鸡叫狗跑蛙鸣。解完手，罗贝尔高声呼喊：这才叫返璞归真！

我在农村长大，对此习以为常。返回住处门前，罗贝尔又说：最近我研读老子有个重大发现，我在调查核实，哪日你来法国，我们在西岱岛上好好说一说那个道。我点点头，充满期待。

罗贝尔情商高，又懂中国特色，送了卓然和领队一人一瓶巴黎香水，还带了一瓶法国香槟酒。晚饭七八人，吃得都很开心。八菜一汤，有一碗肉片苦瓜。罗贝尔高兴地说，中国古画家中，我最爱明末清初的石涛，我家里藏了他的三帧原品；各位知道，石涛的外号叫苦瓜和尚，爱屋及乌，我喜欢吃苦瓜。我住巴黎十三区，临近中国城，经常去陈氏兄弟超市买来自中国的苦瓜；后来在院里自己种，味道更醇。与石涛呼应，我自称苦瓜作家；我牢牢记住他"一画出天下立"的金句，力求写出特色。话题一展开，众人大谈明朝逸事与考古新发现，各收其获。我忙于当翻译，几乎没吃什么。

饭后在村里走一圈，我们发现一个怪

象。所有母鸡都飞上了树，有三百多只，朝着墓穴一同咯咯叫。几十只公鸡围在大槐树下低头打转。罗贝尔问房东：以前也这样吗？房东答：我在列达（这里）住了50多年，列（这）个样子，我还是第一回看到。罗贝尔睁大圆圆的灯笼眼。第二天，我们下到墓坑底部，看得更清楚。一号墓呈长方形，东西长38米，南北宽35米，深13米。坑壁设有14个台阶，上大下小，像个漏斗。葬具为二棺二椁。二号墓大同小异。

我们在不大的方坑内待了两小时，摸了几百件文物，行话叫上手。顶顶珍贵的，是底部铸立翠鸟的精美铜盆。罗贝尔摸得最认真，有的器物摸了十几遍。卓然有问必答，认真讲解。我和罗贝尔受益巨大。

回到居所，四周出奇地静，正中午，母鸡全部缩回笼里，闷声闷气，一天一夜没下一个蛋。公鸡全部飞上高高的槐树，朝向墓地集体打鸣，二长一短，带节奏，一直叫到乌云遮住太阳。下树时则一只只地跳，仿佛我们列队时1、2、3、4、5般报数。问考古队的高手，都不明就里。卓然亦无语。我们只能喟叹地球的神奇和幽妙。

风和日丽，江水泛黄。临走前的晚上，我与老周去宾馆看望罗贝尔。谈了几分钟，罗贝尔递过一个大信封，有理有据地说：来之前说好了，后一周的旅游经费由我支付，你们却都给我安排了，去五祖寺和明显陵，系里安排专车，还派了两个学生作导游，这两万元必须交给你们。老周连连推辞：我们走项目经费，都在预算里，上方批了的，不用你个人掏腰包。罗贝尔坚持：上帝的归上帝，魔鬼的给魔鬼，信封必须收下，不然下一回我就不好意思再来了。他越辩越有逻辑，越论越坚定，我们实在说不服他，便对在系里管财务的老周说：这钱你收着，做个账，专款专用，下次来，我们用它请罗贝尔吃饭、喝茶、洗脚。

说到洗脚，罗贝尔立马兴奋，大声地说：脚部按摩真好，还用中草药，讲奇经八脉，我跟拉尔神父学的一点中医知识都用上了。老周只带我去过一回，后来我自己又去了三回，另外找了一家，名字更响亮，叫大唐。我的中文完全够用，只有一个问题，我用中文回答不上来。

我好奇追探：哪一问？罗贝尔说：您腿上为什么长这么多的毛，又长又黄。我笑弯了腰。老周追忆似水年华：还记得吗？第一次带你去洗脚，女技师挠到了你的痒处，你憋着，嘴皮差点咬破了，像受难一样。我给你支招，想笑就笑出声来，结果，你狂笑如狮怒吼，震动了整个洗脚屋。

罗贝尔高兴地接话：老板跑过来，问

发生了什么事，我用汉语说，我痒痒，我想笑，我酒（就）笑了。老板全听懂，向我竖起大拇指，笑着离开，过一会儿给我和老周一人拿来一碗银耳汤。这次返回武汉讲学，用按脚的话说，我全方位舒坦。我没说话，向他竖个大拇指。

罗贝尔回国十天后，我接到他的第二封电子邮件，绝对佳音，社长马克看中了我的书稿，准备尽快出版，责任编辑由罗贝尔担任。我手舞足蹈，兴高采烈，没想到我的第一炮打响了。依托电子邮件，修改颇方便。文稿罗贝尔改过一遍，我们主要在语调、辞色、音韵、长短句的比例等小细节上做些调整，两个月间相互写了二百五十二封信，我的法语又进了一大步。大改只有三处：第一，状写当年的辅导员，我用了一句话："像个贼眼神父，空洞说教。"罗贝尔问："你反宗教吗？"我答："不反。"罗贝尔说："既然如此，我建议不要拿神父说事。"我当即同意:"听你的,马上改。"

第二是进(avancer)与退(reculer)。说起我国独有的测字,通常以为它始于成语"止戈为武",出自《左传》,距今有两千五百多年。我却认为殷商的甲骨文是最早的测字记录,因此测字的历史要往前推一千年,法语我这样写:Il faut l'avancer de mille ans. 在我的心中装了一句诗:前无古人,后无来者。罗贝尔建议将 avancer 改成 reculer。我心头一亮,立马觉出法国人的方向感比我们科学。从过去到现在他们叫"往前"avancer,从唐代回魏晋则要用"退后"reculer。华夏喜欢往后看,敬祖。法国人害怕的"老",成了我们的敬称,在老李之后,还有李老。

第三处涉及当年学农,我写道:"田野宽广,作物繁茂,饿了我摘一条黄瓜。"动词我用了 cueillir,隐含一景:植物高

高在上，摘取要直腰伸手。罗贝尔却改成
ramasser（弯腰拾取，捡）。我不以为然，
直硬怼回："我不同意你的意见，我们种黄
瓜，要搭架子，摘时必须伸手。"罗贝尔
更直白，几近蛮横："告诉你，我奶奶捡黄
瓜，我妈捡黄瓜，平时种菜，我也捡黄瓜。
在巴黎出书，面对法国读者，你只能弯腰，
不能向上伸手。"入乡需随俗，我只能妥
协，心中却有所不服。

最后一周，约定我晚八点他下午两点
同时在网上修改，共协三次，每回两小时。
第二协还差一刻钟，罗贝尔高叫，三个孩
子都来了，在呼唤我，今儿周六，我提前
收工，带他们去蒙苏里公园，是我上周的
许诺。第二天又收到他的一封私密信，我
才得知，半年前他离了婚，二儿一女随母
亲，他每月支付一笔抚养金，痛苦多多，
难怪他常说，看似光鲜，我是一条苦瓜，
肉苦瓜。我安慰，一如《恶之花》，吃苦瓜

可以化苦。

选书名时又发生分歧，我主张用第一篇的题目《将法国人从水深火热之中解救出来》。在这一篇里，我讲了一个切身故事，那是某个时代的生动剪影，应该让后人知晓记住。细节如下：我学法语那一阵，国内的媒体异口同声：全世界只有中国人最幸福，因为我们吃得饱穿得暖；法国有富人，只是一小撮，四分之三生活在贫困之中；每回介绍法国，报上都登乞丐照片，街上有，地铁有，河边一串又一串；我全盘相信。八十年代初，我留校教法语，月薪五十四元。一路奔突冲杀，获取法国政府奖学金，每月领二千八百法郎，等同我国内五年的工资。出国前一个月，国家发八百元置装费，堪称巨款，先前我经手的最大款项只有二百元。领到钱我失眠两日，激奋三天。筹谋如何用又耗七十二小时，最后庄重决定：先买一大一小两个行李箱，去世界名都，光天化日，不能再背蛇皮袋，为国争光我们义不容辞。然后买一套高档西装，两条领带，正规场合，必须体现中华礼仪。主打三套便服、两件毛衣、一双皮鞋、一件羽绒服、五件衬衣，附带特色礼品。另外还买了刀砧筷等基本厨具，再配一瓶味精、两块固体酱油、三包生姜粉、四袋涪陵榨菜。所有的买完，还剩余三十元，我突然想起一个雄壮诺言。我进外语学校，主要靠所在小学推荐，只用面试，考场设在校长办公室，先读一段报纸，看我们说话结不结，舌头大不大。过了第一关，老师严肃发问：你为什么要学法语？我昂首大声回答：为了执行毛主席的革命外交路线，将四分之三的法国人从水深火热中解救出来。老师连连点头，我被录取。改革开放后，媒体相对客观，但长期被蒙蔽的后遗症并未消散。为了解救法国人，我买了十包方便面。刚上市那阵，这吃食属于高档品，二毛一包，可以泡着吃，也可干啃。坐在波音宽大舒适的机舱里，我一会儿看云，一会儿看空姐，美美地想，日后逛巴黎，我带着方便面，遇到乞丐给一包，可当十次小救星。嚯尔嗨哟。

到达戴高乐机场，我却傻了眼：四周轿车鱼贯，建筑绚烂，景色优美，所见的法国人个个红光满面，气宇轩昂，脸上压根看不到饿出来的青菜色，而且衣着华丽，款式丰富。牛仔裤包出圆屁股，看得人心跳加速；喇叭裤下摆宽如象腿，扇出特有风情。很多器物我在国内没见过，比如自动扶梯、厕所里的公用卷纸。我找了一大圈，没有发现一个乞丐，我问接我们的玛丽：这些都是法国的一小撮剥削他人的资本家吗？玛丽愣了许久，问明背景，爽声说：不，他们和你我一样，都是普通人。我呆僵好一阵。最最难忘的，是月初领奖学金的情景。我第一个到，老太太很和蔼，看过我的护照，开始数法郎。百元一张，数到二千八百法郎，还在数，一直数到五千二百法郎。

我怕搞错，小声提醒：女士，我们的奖学金只有二千八百法郎。老太太暖暖一笑，柔声解释：你们提前一周到，跨了月，法方补加一千四百法郎，还有一千法郎的书本费。

我从来没见过这么多钱，接款时右手在抖，两眼湿润。老太太抬头看我一眼，慈祥安慰：我知道中国穷，你好好学，回去报效国家，尽快走向富裕。

我内心翻江倒海：我来解救法国人，却被一个法国老太太拯救了。我一时控制不住自己，号啕大哭。拿到奖学金后，我千方百计地节省，主要从牙缝里抠。远离餐馆，不进电影院，不泡咖啡馆。去超市尽买便宜菜，鸡腿最便宜，十法郎三公斤，我一买一大包，回去努力多样化，烧着吃，炸着吃，炒着吃，卤着吃，炖着吃，吃得我房里一股鸡圈味。那日去逛中国城大超市，我发现来自上海的苦瓜，很想买，看标价我被吓了一跳，一公斤要三十六法郎。我来回转了三圈，还是放弃了。后来我打周末工，某日得到两百法郎额外奖金。我一咬牙买了一公斤上海苦瓜，分五顿，吃了半个月。每次吃我都像看到黄鹤楼，望见木兰山，偶尔想到天安门。回国后，见到鸡腿我就浑身起鸡皮疙瘩。

我反复强调，这段历史造就了我，对于促进国家文明极为重要，具有不可或缺的警世作用。罗贝尔辩说：这个故事很生动，我最喜欢，读了好几遍，用它做题目却不够形而之上，《主席辞世》更哲学，让人联想到尼采的"上帝已死，一切皆有可能"。还有一个考虑，毛泽东在法国的知名度很高，打他的旗号，书更好卖。我思索片刻，又妥协了。

三个月后，我的小说在巴黎出版，反响比较好。过了两月，出版社给我寄来一堆剪报，或长或短，有九家法国报刊做了报道。名气大的有《回声》和《十字架》，但法国最有名的《费加罗报》和《世界报》没有理睬我。又过了两个月，出版社用电子邮件发来小作的被引率，共七百三十六条。我的心头巨震：二十年来，我一直在研究法国文学，出版了三部译诗集，两部专著，发表论文二十一篇，只被引用十九次，不及我法语小说的三十分之一。我突然看清，学问我或许可以做到比较好，离卓越却遥遥。因为我擅长感性思维，弱于论析辨。说白了，我不是做大学问的料。出门绕珞珈山走一圈，我毅然决定：应付学术保饭碗，尽力教好书，其余的，全身心投入创作。也叫扬长避短，择优自灿。我还说了一句狂话：从前我研究法国文学，而今往后我要让法国人来研究我！

光阴似箭，岁月快于梭，公元 2005 年对我很慈善，《主席辞世》被评为近五年法国二十本最佳图书。论作者，我排名第九，紧随德国作家君特·格拉斯之后，几年前他得了诺贝尔文学奖。法国名家索莱尔斯排十三，莫迪亚诺垫底，九年后，莫迪亚诺也得了诺贝尔文学奖。我比较庸俗，写了《主席辞世》，扛不住福利诱惑，做了个中层干部，领导外院三百多教职员猛进快上，不停催论文，时刻争项目，一周开五六个会，创作只能搁置一边。而且，院长我一下干了十二年。还好，读书我没放松。周全公正地想，停笔也有其好处。顶个小乌纱帽，我接触面更广，更懂体制，认识许多高层人物，丰富了阅历，还有一个大收获，利用频繁会议，我学会了钢笔画，十年后能给自己写的小说画图，一共画了两本插图。换个角度说，我自控力太弱，不顾一切地写，很有可能出问题。因此我常说，有光必有影，有烟自有火，月有阴晴圆缺，在生活中，我们不要得了便宜便唱哑调。庸俗如我，总把活人放在第一位，活好乃终身追求。

一个阴雨初晴的下午，我进办公室，发现桌上放了一封信，是从瑞士寄来的。浅蓝色，烫金，以族号定制。寄信人的名中含个 de，表示贵族出身。用的古艺体，字迹工整，走笔大气，一看便知有些来历。我找出剪刀，破封取瓤。全信读完，心头一震。信是瑞士前驻华大使的女儿写的，大意如下：

"您学法语的那几年，父亲在北京当大使，常去武汉，登过龟山，吃过武昌鱼。他热爱中国，捐助了十名中国穷困儿童。退休后，他几度回北京，每次回来都津津乐道，盛赞改革开放之后的中国发生了可喜巨变。去年父亲查出癌症，已到晚期。他一生嗜读，末了却看不进书了。那日我发现了您的大作，当即买下，在医院里我给父亲读了第一篇，他哈哈大笑，评价说：这些事我都经历过，很亲切，作者取儿童视角，不露声色，把当时的情景说得活灵活现，又穿插许多法语名句，行文幽默，看似幼稚，却意味深长，发人深省。我还想往下读，父亲挥手止住：一天读一篇吧。于是，我每日去医院给父亲读一篇您的大作。每读一篇，父亲都开怀大笑，而后给我细述当时的相关情景，乐得像个孩子。全书读完第二天，父亲与世长辞。这也是家父一生读的最后一本书。临终前一天，他叮嘱我说：给作者写封信，代我说声谢谢，他的美文给了我很多快乐。"

我认认真真给大使的女儿回了一封长信，诚祝老人安享天堂。

宣扬我最起劲的，还是罗贝尔。他为我的书做了一个网站，写出详细梗概，亮出好词、妙语、佳段，贴十几篇报评，多达六十页。有模有样有气度。开篇是他的长文，题为《一个大作家从中国向我们走来》。羞得我脸红手发麻，不好意思见我们共同的熟人。罗贝尔却道：我说的是大实话，相信时间会站在我这一边。他熟读普鲁斯特的书，爱用这一边那一边。我只能把他的慷慨鼓励当作前进的动力。我牢牢地记住了《菜根谭》上的一句话：天外天人上人，有点成绩，莫太把自己当一回事，井底之蛙跳不远。

二、老子去高卢

日落月出，一晃转去五年。我的《主席辞世》再版。应法国电视二台邀请，由DDB出资，我专程来巴黎推广此书。罗贝尔去戴高乐机场接机。宾馆靠近索邦大学，安顿完毕，我们去一家名店吃晚饭。罗贝尔高兴地说："今天的菜任由你选，想吃什么点什么。"我笑说："你不养三个孩子了？"罗贝尔道："这一回钱由我父亲出，听说你来，他给我拨了五千欧元，供你上餐馆，专款专用，第一餐必须随心所欲。"

我领了老人的心意，头盘点三文鱼沙拉加六个蜗牛，主菜选了最贵的夏多布里昂牛柳，也是店里的招牌菜。因为不喝酒，我尽情挥霍，两人合力才花两百六十五欧元，却是至此我在法国餐馆吃得最好的一顿。罗贝尔笑曰：按这个节奏，把你在巴黎的十几天招待完，我可截留一两千欧元，天上果真掉馅饼，父亲喜欢你的书，以后你常来，见面时，话儿别说破，恍兮惚兮，其中有道。我点头微笑。

第二天，我囫囵忙于公务，接受电视采访，沉着镇定，有礼有节，真诚坦荡，时刻想着为国争光，努力弘扬中华文化。却有一句话卡住我，主持人问：当初您为什么选择学习法语？我呆愣许久，嗫嚅，"选择"一词让我感到很陌生，那几年个体没有选择余地，上面通知我学法语我就学法语。若让我学爪哇语，我会坚定不移学爪哇语。主持人还想往下问，我岔开了话题，心里嘀咕：如果什么都能说，文学就不是眼下这个样了。不可否认，压抑和曲笔能产出佳作，如《红楼梦》。若能用自觉的限制取代禁锢，人类会奉献更多《红楼梦》。法国文学也有限制，而且很重，那便是古典主义。超现实主义主张打破一切限制，恣意妄为。修改文稿时，布勒东还得遵循古典主义原则。大诗人瓦莱里说，雨果若能穿一件古典主义背心，他的诗会更灿烂。我认为，古典主义是法国文学的底板。

下午开记者交流会，由出版社组织，也叫作品研讨会。我讲创作始末，大伙谈读书心得。社长的开场白很鼓舞我，他说：我读文稿，即便完全同意，也会冷却三个月，《主席辞世》是个例外，读完当天我就给出采用答复，这也是我职业生涯的第一次。我投去感激的目光。仔细听取各位的评议，我发现最吸引法国记者的，是这么一个景象：黑夜茫茫，黑了又黑，法语像一盏灯，一步步把我引向光明。如此解读确有其理。1977 年恢复高考，我的法语（百分制）得了 99 分，中文 62 分，另外两科加起来才 39 分，数学只 5 分（77 级考外语，数学仅作参考，不计入总分）。那年湖北的录取线定在 160 分。如果没有法语，我只有 106 分，上不了大学，未来会更艰辛。

如实说，我还写了很多别的东西，如黑暗的根、基因劣变、老子踱步、压抑积存、中法文化差异等。记者们都视而不见，或不以为然。从他们的兴奋点中，我窥见某种文化沙文主义，缘点却在于我们的穷，而且很长一段时间，我们以穷为荣。那些年贫农耀如日，代称伟光正。我上外校的 1972 年，一冶一小推荐了三个候选人，一女孩成绩排第一，人漂亮，普通话说得比倪萍还动听，却被拿掉了。政审发现她爷爷曾是地主，通俗来说，叫成分不好。漂亮女孩哭了好久好久。我能进外语学校，多亏我母亲。那年她在一冶一小当工代表，相当于现在的党总支书记。论政治表现和学习成绩，我在班上数第二，年级排名第十，全校名额仅三个，没有母亲这角色，校长 99.9% 不会推荐我。论出身，我靠的却是实体优势：我家三代贫农，爷爷当长工，父亲要过饭，母亲当过童养媳，我根正苗红。

改革开放伊始，法国新小说派的头领罗伯-格里耶应邀访问中国，国人的观念还没有完全转变过来。大作家参观了几所小学，每回问小孩儿，你们长大后想做什么？许多人都回答，我要当贫农，或贫下中农，翻译成法语即 paysan pauvre, ou moyennement pauvre。在语言的交错中，概念终于归了位。罗伯-格里耶很困惑，在《观点》杂志上撰文说：中国是农业大国，当农民不失为一个理想，甚至是伟大理想，我只是不明白，孩子们为什么争先恐后要做贫穷农民，或求其次，做个中等贫穷的农民，难道贫穷是好事，是美德？

　　还有一事。母亲常说要保护好一冶一小的老师。那几年经常当众批斗，总有几个男孩挥武装带（一种带铁头的军用皮带）要去殴打他们。母亲挺身而出，高呼语录：毛主席教导，要文斗不要武斗，对于知识分子，只能触及他们的灵魂，不能伤害他们的身体。遇到这架势，半矬子学生一般都退却，老师们躲过一顿皮肉苦。如果任由学生乱来，他们会被打得头破血流，甚至落下残疾。有个小小例外，那日批斗在报上发表了五篇散文的语文周老师，某高年级学生为了显示自己最革命，挥动武装带冲上来，母亲高呼毛主席语录，学生不管不顾。母亲夺过铁头皮带，将学生扫倒在地，厉声警告：毛主席的话你都不听，你想当反革命啦。学生爬起，灰溜溜跑掉。小时候母亲跟外公练过武，打倒二三壮汉不在话下，何况一个半矬子学生。许多年后，周老师获得全国短篇小说大奖，当选作协主席，享誉全国，总给母亲拜年。每出一本书，都送母亲一本，扉页上写着：恩人熊师父多多指教。

罗贝尔也参加了讨论会，却反常地一声不吭，人很高兴。我讲话真诚具体，举出他为推荐润色我的书所做的贡献。社长也多次提到他。会议开到正中间，他打开手机读短信，脸色立马黯淡，调节许久才缓过气来。会后我问为啥不发言，他用汉语金句搪塞我："此处无声胜有声，不着一字尽得风流。"或许涉及私密，我没有往下问，尊重隐私乃为人处世的一项基本原则。在回酒店的路上，罗贝尔小声更正：论学法语的神秘动力，我认为，你奶奶最重要，她才是引导你走向光明的明灯。对我那本小书，罗贝尔了如指掌，某些细节，比我记得还清楚，常常读出我没想到的意思，印证了罗兰·巴特的一个主张，作品发表后，真正的权威是读者，见仁见智是他的特权。

我高声肯定：你火眼金睛，的确如此。我与法语似乎有天缘，我记得小时候读过一本书，是洋文的，配了图。一条大河流过去，两岸古楼林立，各式各样，五彩缤纷。偏左后方耸个高大的铁塔，比家乡的木兰山还高。女的妖艳，嘴鲜红，男人鼻子又高又长，头发打卷卷。到处有肉有红酒。那是一本硬壳彩图书，奶奶用来夹存鞋样的。哪里来的是个谜。我只知道，很多年前奶奶在法租界附近做过小生意。奶奶七十居中，没上过学，却敬重文字。每回我看书，她都神态庄重，轻声端茶倒水。暑假我做作业，她常坐我背后给我打扇，两眼盯着我的笔，不时插一句：这是个"毛"，毛主席的毛；那是个"小"，大小的小。我便停下，再教奶奶认几个字。有纸片丢到地上，只要带了字，老人都会拾起，问有用否，若无，则小心装入纸盒，积多了，放到铁灶里一烧，口中念叨"字宝上天"，对文殊菩萨挂像说一句，我的孙儿蛮用功，又懂事，您家给他留个好光景。我考入武汉外语学校读法语，奶奶比我还高兴，一连三天没睡好觉。过几年老人给我做鞋，又翻出彩图书。我定眼一瞧，哇，是法语！介绍巴黎的系列图书，借助词典，我都能读懂。奶奶见是文宝，急去里屋翻找，取来别的书夹鞋样，我喜获一册地道洋书。那时外校的资料室里只有《北京周报》《新华通讯》及法文版"毛选"，原文书一本见不到。

　　彩书有二百多页，图文并茂，知识量大。我苦读三个月，对巴黎有了全面了解。许多章节我背得出，遣词造句更地道，我的法语成绩突飞猛进，摆脱了后进生的帽子。可以说，塞纳河是我的福音。我住长江边，确切说，有一条注入长江的小河从我家门口流过。论直线距离，长江离我家只有一公里。十岁之后，我经常随大孩子们从小河游入大江。五年前罗贝尔来武汉，曾在小河旁泡茶馆，我问他：在武汉，你最怀念法国的什么？罗贝尔说：教堂的钟声。我心头敲了一响，第一次听说有想声音的。

然后，他反问我：你呢？我顿了顿，答道：我最想念我家门前这条小河。两人会心一笑，静心喝茶。往远看，江水闪动零碎的光，我想：钟声与小河，说不上谁高谁低，孰优孰劣，那条河在我的生命中流淌。困难时期，我在河边钓几条鱼，生命有了支撑。天热时去洗个澡，瞬间凉爽。读外语学校时，我暑假经常在河边朗诵法语，背诵影印版《小拉鲁斯词典》，阅读法国的《红色人道报》，那份报纸的最后一版专门刊登歌颂中国的文章。借助法国记者的优美文笔，我能地道出色地表述我国的工业学大庆、农业学大寨、工农兵上大学、上山下乡、赤脚医生、开门办学、"批林批孔""反击右倾翻案风"等，得到高层的破格嘉奖。风声鹤唳时，我在岸边松口气，憋急了，大声吼几句。闲时去散步，蜻蜓飞出五线谱，青蛙蹦响《欢乐颂》。静观流水，我深知时间的珍贵，回到家，躲进小楼成一统，不管春夏与秋冬。

我也能体会罗贝尔的思乡之情。在巴黎圣母院旁，我待了五年，有幸临塞纳河居住，耳濡目染，周末常去做弥撒。听到钟声，我内心安宁，大脑平静。我突然发现，我的定性来自河水和教堂。河边的蛐蛐四处高唱，我们由景起兴，谈起《聊斋》，具体说"促织"，俗称蛐蛐。罗贝尔最敬重蒲松龄，欣然评解：小小斗虫写得这般精彩，天下罕见，举世无双，说着背了三段。我由衷敬佩，倍感自豪。语言打通了时空，恍惚间，教堂挪到我家小河边，串虫鸣，取蛙声，用洪钟鸣奏人类的本音。那是天籁，也是孔子说的大同。

外校读到第三年，我经常给奶奶说巴黎，老人直咂嘴，我兴兴许诺：到时候带你去法国，我们一起坐飞机，一起游塞纳河，一起登埃菲尔铁塔，每天吃大鱼大肉。奶奶高兴地嚷道：好好好，我要享长孙的福了！宇宙浩渺银河神秘，地球在某处颤一下，飘出不测风云。一个月后，奶奶得了重病，怕火化，出院后回了黄陂乡下，住姑妈家。半年过后，与世长辞。乡里通知得太晚，我没能见到最后一面。姑妈转告：弥留之际，奶奶一直喊我的名字，反复念叨：牛二说了，要带我去巴黎吃大鱼大肉。喊了七天才断气。

面对坟头，我暗自发誓：老人家安息，我一定加倍努力。走在田埂上，我热血沸腾，有如夏多布里昂走出五心不定的晚秋，又如萨特走进外公的图书室。悬梁刺股六个月，我从中游冲到班上前茅，法语数一数二。再十二年，我获得法国的文学博士学位，回国前我在巴黎八大复印了博士文凭，又去唐人街买了纸钱，以法郎和美元为主。到武汉休整一日，我赶回黄陂。天空一片蓝，风清冷。我找到奶奶的坟，烧了文凭复印件，烧了冥币，连磕三个长头。坐一阵，我抬头仰望，蓝天现出一条白色航迹，一架客机向西飞去。我微微一惊，喃喃自语：奶奶收到我的钱，已登机去巴黎了。在《主席辞世》中，这也是罗贝尔最喜爱的段落之一。

安居巴黎的第三天，罗贝尔请我去他家里吃饭，反复强调，家宴最敬远方贵客。我瞬间答应，雀跃前往。罗贝尔住一楼，三室两大厅，双卫，厨房宽阔，地下有车库，还有六间房。博古架上，存列许多文物，客厅挂了三幅中国字画，其中之一画的是老子骑水牛。家具样样考究，六把椅子来自凡尔赛宫，曾是路易十四招待贵客用的。我正要赞美，他又说，再看看后花园去。打开客厅北铁门，铺展一亩多的院落，左边栽花，右边种菜，其余空地铺石板，或植草坪。环一眼，繁花似锦，彤红众多番茄。四周围了铁栅栏，高耸三棵百年大树。走到番茄旁，我问可以尝吗？罗贝尔道，随心所欲，像在自家一样。

我顺手摘一个，拿纸巾一擦，吃到口里又酸又甜，是几十年前的味儿，而且更纯。我吟出一首打油诗："华夏有南山，罗贝尔有菜园。"罗贝尔微微一笑。再往后，挂出两排苦瓜。在花园东脚，我发现一溜爬架植物，定眼看，是黄瓜，好多贴地长，支架最高一尺五，摘取必须弯腰。我庄重捡一条，思绪万千。罗贝尔高声嚷："牛教授也躬身收黄瓜了，在文字的花园里，他将伸手摘取更硕大的果。"伫立院边望去，罗贝尔的住所是高楼脚下隐立的一栋独体屋，屋子高出地面一米五,四周开窗，地下室取自然光，一楼相当于别处的二楼，上端还有阁楼，呈巴洛克风格。这等布局罕见于巴黎市区，很可能，独一无二。罗贝尔说，巴尔扎克曾在这里躲过债，前后住了三个月。

回到主屋后，罗贝尔细说园间端倪："一年到头，我只种这三种菜，都是绿色全天然，比外面的有机更有机，十足返璞归真。待会的沙拉用的是自家番茄和黄瓜，生菜洋葱是父亲派人送的。这个周六你留出来，老人家想请你去住一两天。小城在巴黎东边，开车一个多小时，很方便，没问题吧？"

我欣然答应，并从背包里取出两瓶黄鹤楼白酒，再拿出宣城的文房四宝。罗贝尔手舞足蹈，起码说了十声谢，然后大声说："今天我们喝一瓶黄鹤楼，另一瓶永久保留，那是我心间的中国。在黄鹤楼的顶层，我曾坐了两小时。白云千载空悠悠，烟波江上使人愁。这些都说到我心里去了。这才是真文学。"

午餐主打海鲜，吃螃蟹龙虾，罗贝尔还烧了一盘牛腩苦瓜，中西结合，先前我没吃过这般美味。也怪我俗气，很多事都落到舌尖上，民以食为天。饭后品茶，泡的黄陂绿，却用两个土碗，很淳很朴，细看又含许多美学追求。我悠然喝两口，罗贝尔探问，感觉如何？我敷衍说好。他定神宣告，你用的是宋朝的碗。我目瞪口呆，再喝几口，但觉天和日丽，周身舒坦，瞬间产生了心理作用，感知为什么装神弄鬼能治好某些疾病。

我们各自点燃香烟，对桌而坐，隔得比较远，只有一个烟灰缸。罗贝尔思索片刻，从博古架上取来一个不大的砚盘，供我弹烟灰。两人一边吞云吐雾，一边谈写作新技巧。客厅两边开窗，右侧见区政厅，门楣上飘着三色旗；左侧仰望大教堂，蓝天像挂了十字架。在我的眼前，又挂着中国字画，一时莫辨此身何处。微风徐徐吹，我将烟头摁熄在石砚里，燎起一溜青烟。罗贝尔庄严宣布：这方砚盘遗自唐代，很可能武则天用过，也有可能她用来送人。我翻过来一看，砚底凹出个"曌"。这是武则天为自己创造的字，读如照，意喻日月同辉。一千二百多年来，只能用于则天大圣皇帝。砚盘里显然有故事，甚至典故。与此同时，我脑中冒出一个成语：暴殄天物。但见罗贝尔一脸庄重，我不好意思说出口。

沉默几分钟后，罗贝尔表明自家的收藏观点和运作方式："石体文物使用起来更生动，怎么用却有讲究。宋碗还会用来喝茶，但只招待中国客人。这砚台给你当一次烟灰缸，仅此一次，表示我的崇高敬意，也树立你的雄威，圣上的宝物你用来灭烟头，在文字王国里，你会别样地霸道。另一面，用烟头烫砚台或许会延长石头的寿命，如同钢淬火。"

我笑曰："暴殄天物，你说法多多，还带玄乎，佩服，佩服。"罗贝尔一笑，随后共谈法国文学新动态，一瞬挥去大半天。话别时，罗贝尔又来规划我的日程："明天你睡个大懒觉，再去温习温习巴黎，晚上六点在圣母院门口见，意下如何？我们好好谈一谈老子，九点去三圣店用餐。"我连连点头，暗自说：身处异域，有个大气多话周全的朋友真好。

第二天九点，天高气爽，我慢走十来分钟，来到卢森堡公园。几度留学法国，我在这儿待的时间最多。法国人常说：一条塞纳河，流出半部法国史，另外半部的三分之一藏在卢森堡公园里。公园位于拉丁区中心，建于 1615 年，占地两百九十亩，中间一个大水池，四处耸立大树，鸟儿欢欢叫，林间散立名人雕像，体系完整，每一尊诉说一段法兰西的精彩历史。北端底部，雄立法国参议院。遍地的绿色铁椅，到处有人读书。我攻读博士那几年，住公园附近，天气好时，我经常来池边树下用功，常常一待就是五六个小时。按导师的要求，我做三种卡片。第一类，记录诗人米修与我论文主题相关的言论，注明出处，标出用于论文的大体部位；第二类，记录别人对米修的评论和与我论文相关的评论，标出处；第三类，记录我写论文的闪光念头，严格标明日期和气候。卡片做到六百来张，一部博士论文就出来了。先摘录后输入电脑，记忆更深刻，练就一身硬功夫。我的六百多张卡片，一半是在卢森堡公园做的。

这座公园还让我想起一位拉手风琴的朋友的酸甜苦辣，也是我当年艰辛生活在巴黎的一个缩影。那是一个春末，我和老罗坐在绿铁椅上晒太阳，手风琴搁在他脚边。我拿出自制的三明治，一人一个，就着瓶装自来水，吃得开心。家乡窈窕，巴黎绚烂。老罗抹一抹嘴，怡然嘟囔：生菜清脆，火腿丰厚，有味，谢谢了。喝几口水，又说：奖学金停了三个月，坐吃山空，从下周起，我该找点事情做了。我说：你的手风琴拉得惊天动地，去地铁扯两把，绝对有市场。老罗涩涩一笑，口中喃喃：我科班出身，拉不下那个脸。我心里明白，科班只是托词，内在另有说法。老罗长我五岁，执教于南京艺术学院，已评副教授，桃李遍地，大名远扬。八十年代中期，在北京开过独奏会。到了法兰西，却龙游浅滩，默默无闻。国家穷，个体更窘困。

午饭吃过，我把装干粮的铁盒放在地上，两只白鸽跑来，啄盒里残留的面包。我满眼柔情，和蔼观看，间或逗几下，努力弘扬东方的仁慈，略带被褐怀玉的意味。老罗悠然自得，拉起了彼德洛维奇。艳秀高雅，物我两忘。不一会儿，四周围了一群人，个个兴高采烈，心旷神怡。他一连拉了三个曲目，柔了风，绿了树，绚了巴黎。他放下手风琴，摊开手，闭目养起神，我全身心陶醉，半闭着眼睛。突然间，铁盒嘣嘣嘣响起来，有人投来硬币。我愣了片刻，回过神来，急忙起身，一一道谢，喝几口水，拿起铁盒继续讨钱。

一位老人颤悠走来，给了二十法郎，是当日最大的一笔款。我深深鞠一躬。老人评说："悠扬，雄浑，高雅，妙不可言，于我，是第一次，我与二十世纪同龄，八十七岁了。"老罗舒展过来，面起微笑，向大家连连拱手，宛若谢幕。观众散去，我们数了数钱，一共得了六十五法郎，在法国不算多，却超过了老罗在国内的月薪。我笑笑说："无意中你破了贞，拉不拉脸，都无所谓了，干脆我们一不做二不休，去地铁试一把。"老罗说："好，破罐子破摔，争取摔出一点韵律。"

我拿出月票，查看背面的地铁图，选定两条线，准备在十六区一带转悠。那是巴黎的富人区，人们的音乐修养高，出手阔绰。走出公园，我们就近溜进地铁，上了中间的车厢。老罗站在车门对面，独傲三维，再拉彼德洛维奇，张合十几下，震惊四座。拉到第二曲，我拿着铁盒来回走动，口中吟唱：Mesdames, messieurs pour la musique.（女士们先生们，为了音乐）。老罗拉琴很投入，站在车厢里，仿佛置身人民大会堂，满脸神圣，心无旁骛，更无站名。每次换车厢或线路，我都要跑回去叫他，有时要拉好几下，常常是我拉他，他拉琴，摇头晃脑，如痴如醉。这般献艺，哪能挣大钱。

那个下午，我们又得八十六法郎。老

罗兴奋地说："初出江湖，半天一百五，艺果辉煌。今晚我们找家餐馆，好好吃一顿。"挑来择去，我们选定了麦当劳，花二十法郎美美吃了一餐。来法国近一年，那是我们第一次上餐馆。随后我们又艺讨三天，得了四百多法郎。老罗给我二百，我只拿了五十，作为纪念。我有奖学金，又打周末工，缩衣节食，手头比较宽裕。

最后一天，我们又回到卢森堡公园，总结卖艺得失。老罗戚戚说：三天半五百多法郎，还是两个人，艺术抵不上餐馆。我打听清楚了，做跑堂，一个月可挣六千法郎。我真诚安慰：名声没扬出，艺不养人，多个经历却是一笔财富，以后你独闯江湖，再商业一点，一处别久待，加几个中国曲目，比如《花好月圆》《芝麻开花节节高》，或许有惊喜。老罗默然不语，我明白，他笑我尽说外行话。三天过后，老罗去中餐馆当了跑堂。又五年，他开了一家中餐馆，手风琴成了业余爱好。此刻的卢森堡公园还是老模样，别处几景也没大变化。我躺在椅上晒一会儿太阳，猛然发现，巴黎最大的魅力在于以不变应万变，用禅师的话叫见山还是山，见水还是水。那是人间妙境。

吃过午饭，歇息片刻，我来到塞纳河边，繁华绚烂的两岸之间，流动着法国的动脉。水若媚眼，闪烁着巴黎特有的风情。圣母院左岸的咖啡店人太多，我往东挪二百余步，落座一家小店。先前赴巴黎七大讲学，我常来这儿看书码字，安然切摸法兰西的脉搏。一如既往，我点了拿铁，不时与陌客亲切搭几句。学了法语我脸皮加厚舌头更灵，与谁都谈得拢。厚颜却知廉耻，法式礼貌我娴熟，懂得文雅。缓缓向左看去，我发现一位亚洲美女，三十来岁，举止淑静，面相熟悉。美女也瞟来一眼，我轻轻叫一声：郁金香！对方回应：

苗土豆。此乃十二年前，我俩给对方起的外号。我们恋过半个月，高峰限于湿吻，外加抚摸。才过三天，我看见她挽着一个法国美男的手溜进电影院，我踯躅三日，知趣退出。在长江边的某条小河入口，我还踩了一条美丽小船。

过了三周，郁金香又来找我，说那是个幻象，怪我自找麻烦，看花了眼。我被迫相信。郁金香读的是高等商科，做了跨国公司高管，又在上海搞风险投资，财富令人咋舌。她父亲在国内当官，哥哥经商，一明一暗，富甲两方，风光无限。初步和好后，郁金香柔情邀我去米其林三星店就餐，我立马答应。异域太寂寞，好马常吃回头草。两天内她给我打了三个电话，反复强调，去三星店就餐，一定要西装革履。最后的叮嘱冷了我的心，我突然发现，曾酷爱马拉美的她如今已不是同路人。我找了个借口，推掉宴请，从此天各一方。如实说，平时我不怎么想郁金香，邂逅于塞纳河，话絮莫名拉长，抑或某个情结在向时间讨说法。用弗洛伊德的话说：某种欲望还没有升华。

我站起来，走过去，像法国人那样与她热烈拥抱，行了四重贴面礼，然后返身拿起咖啡杯，与旧爱并坐，各自又点饮料。寒暄过后，郁金香径直发问：那年我请你吃饭，你答应了，为何突然开溜？我如实交底。美女笑责：自卑小气，加自以为是。我憨憨一笑，美女又说：在电视上，看到了你，我还买了一本你写的书，你很幸福，以兴趣为职业。我得体应和，借机投出马拉美的骰子，吟诵十来句晦涩诗。美女应和几行，又说起国际贸易。一会儿美元，一会儿英镑，一会儿马克。我陪走几亭，望不断天涯路，不时切换话题。她讨厌罗丹，我喜欢卡米尔，卡米尔也是雕塑家，大作家克洛岱尔的姐姐，做了罗丹的情人，在我们对面的黄楼里，她住了近十年，晚景凄凉于疯人院。

不知不觉谈到五点半，我抱歉道，待会儿有个约会，我得拜拜了。美女问明我的日程，跋扈定夺：下周三，请教授来我家吃个便饭，晚七点，不见不散，并随手写给我电话和地址，我留了宾馆的号码。美女又补充一句：这次你不用穿西装，光身也可以。我憨憨一笑付了账，贴过面，从容走向该去的圣地。

巴黎的天总那么蓝，塞纳河两边的旧书摊像一朵朵花。我看几眼，翻翻书，继续前行。罗贝尔已到约定地点，远远地向我招手，刚凑拢，便令我跟他走。来到圣母院右侧的榛树旁，罗贝尔指着四围的铁栅，说：八百七十年前，这儿有一块巨石，周长十米，高三米，上端刻了一个字。建教堂时嫌它碍事，要毁掉，某学者以为是埃及文字，便用薄布把字拓了下来，拓了三张，一张落到我祖爷手里。他收集中国文物，与作家谢阁兰交往密切，友情敦厚。说着，他从包中取出拓片复印件，有三十多厘米长，二十厘米宽，是个篆体的"道"。我惊讶地大声说：这是一个惊世大发现，不亚于发现长城和金字塔，石刻太神圣，我们坐下慢慢谈。罗贝尔自豪地说：漫谈之地我也找好了，就在圣母院背后的圣路易岛，一区最古老的咖啡馆。在巴黎，它最先卖中国茶。我们举手向铁栅行个礼，往北走一节，落座水上咖啡馆。点了饮料，罗贝尔激情奔涌，口若悬河，我不时插几句，共话老子的道，话题太杂，要点归纳如下。

至十七世纪末，拓片之一落入法国皇家图书馆，艺术总管布里昂特别上心，一周内，请来三个埃及专家，都不认识那个字，希腊学者也两眼一抹黑。1705 年，巴黎来了个中国人，名叫黄嘉略，文化程度接近本科，娶得巴黎美女，做了路易十四的中文翻译，兼管皇家图书馆，还要编撰法汉词典。布里昂拿出那个字，黄嘉略立刻辨出：这是汉语里的"道"，用的是大篆，表示"路""说""规律"，在老子眼里，乃天地之源，万物之主，相当于我们的上帝。而后，他尽其可能，细说《道德经》。虽然给国王当翻译，又编词典，黄嘉略却并没有固定收入，经常向艺术总管索要谋生费用。

当时，许多巴黎人都听说过老子，略知那个"道"。1685 年，路易十四派遣五位传教士去中国，号称皇宫数学家，康熙热情接待，赠送了近两千册书。于是，凡尔赛设立了中文图书室，法语目录由黄嘉略编纂。传教士不断给国内写信，传播了道，却偏于宗教，言辞比较负面，常常与画符念咒、上蹿下跳、装神弄鬼连在一起，形同巫术。

听了黄嘉略的解说，布里昂兴高采烈，优先熟识老子，仿佛占了某个学术制高点。当时流行中国热，华夏成为学问的勃朗峰，也可叫高殿。艺术总管头脑一热，给了黄嘉略一百里弗，相当于当下的一万五千元人民币。黄嘉略让妻子买了五公斤牛肉，请来岳父岳母小姨妹，一大家人吃了个天宽地阔心旷神怡。这一切黄嘉略都写在日记里，为后世研究早期中法文化交流做出了重大贡献。

1716年，黄嘉略病故，年仅三十六岁，妻子先他一年走，留下一个孤女由国家抚养，长到二十岁，也湮没在岁月的泡沫里。对于黄嘉略，罗贝尔颇有研究，曾在巴黎孔子学院办过三场讲座，能大段背出黄嘉略用法语写的日记。

1721年，欧洲出版拉丁文全译的《道德经》，由传教士聂苦翰翻译。该书以焦竑的《老子翼》为底本，与西方文化做了有趣对比。比如，"道"由"首"和"辶"组成，"首"表"第一"，"辶"指"行动"，由此推定"道"等于亚里士多德的"第一推动力"。与此相应，布里昂提出一个重要问题：那个"道"是谁刻在西岱岛上的？八百年前，法国人压根不知道地球上有个地方叫中国。

到了十九世纪初，著名汉学家雷慕沙在皇家图书馆看到那个拓出的"道"，观摩一周，开始认真研究老子，1823年在《亚洲》发表论文《关于老子的一生及其作品的报告》，翻译了《道德经》的第一、二十五、四十一、四十二这四章。雷慕沙认为，"道"有三种含义：最高存在（即上帝）、理性和体现。1842年儒莲出版了《道德经》法文全译本，书名为《关于道和德的书》，法文名 *Livre de la voie et de la vertu*。这个书名被后人广泛沿用，几乎成了国标。儒莲是雷慕沙的弟子，杰出汉学家，继老师之后，他在法兰西学院汉语教席上坐了四十二年。为这个译本，儒莲参考了近三十个版本的《道德经》，主取河上公和王弼注本，注释极有学问，面世仅两年，就被称为全世界译得最好的《道德经》，至今还是经典。五年后欧洲出现了四十八个不同语种的道译本，绝大多数宣称是从儒莲那儿译来的。换句话说，对于老子著述在全球传播，儒莲的贡献最大。中国人应该记住这个名字。

进入二十世纪，法国出现了三个重要版本。第一是弗朗索瓦·黄与雷伊里斯的合译本，发表于1949年，一版再版，出了口袋本，流传最广。第二是刘佳怀（音译）于1967年出版的译本，也出了口袋本。1980年伽利玛出版社的七星文库出版了《道家哲学家》，收录了老子、庄子、列子三位的著作。主编艾田浦毕业于巴黎高等师范学校，研究兰波独树一帜，又是横贯二十世纪的法国重要汉学家，兼比较文学大师。对于中法关系，他说了一句醒世名言：法国是欧洲的中国。七星版《道德经》用了刘佳怀的修改本。艾田蒲写了九十页的前言，细说《道德经》在法国的传播，点评精到，定论权威。最有特色的当数由程抱一作序、拉尔神父翻译注解的《道德经》，初版于 1977 年，再版三次。译者将老子与基督教进行对比，译一章评一二页，共评 81 章，妙见不断。至今为止，除《圣经》之外，《道德经》是全球外译最多的典籍，已被翻译成 72 种语言，有 1548 个译本，其中英文 441 种，德文 157 种，朝鲜文 101 种，西班牙文 95 种，法文 91 种，日文 62 种，荷兰文 58 种，意大利文 57 种，俄语 41 种，40 以下从略。

我兴奋地插话道：一年前，我做过一项研究，在我认识的 20 位法国作家中，19

人说读过老子。我还发现一事，仿佛应和华夏五行说，法语名词有阴阳性之分，我细读三个法文版《道德经》，其中的关键词，如"道""自然""玄门""柔弱""水母月"等，三个译本都用了阴性名词，法语自身的特性突显了老子的阴柔智慧。

与艾田蒲呼应，我说中国是亚洲的法国。罗贝尔高呼独到，继而亮出他揣怀已久的心疑：在《一个孤独者的漫步》中，卢梭写道："秋风一阵又一阵，吹皱了湖水，远处有鸡鸣，我放弃漂亮小木船，朝着更朴的山边走去，远离嘈杂，归于宁静。看身后，满目飞利箭。我便想，能像胎儿一样躲进娘胎里，该有多好呀。"读到这儿，我常想起《道德经》中的"小国寡民。使有什伯之器而不用""虽有舟舆，无所乘之""闻鸡犬之声相闻，民至老死不相往来"，外加"复归于朴""复归于婴儿"。

于是我兴奋附和：我也有同感，很可

能，卢梭读过老子，但他秘而不说。罗贝尔欣赏地看我一眼，具体论证：我怀疑卢梭，有以下依据。1712 年，他生于日内瓦一个钟表匠之家，很早丧母。十年后，父亲与人发生纠纷，逃往里昂避难，卢梭寄居舅舅家，与表哥一道跟随郎牧师学习语文、数学和绘图，外加拉丁文。卢梭趁机读了很多书。聂若翰于 1721 年出版的拉丁语《道德经》优先供予神职人员，正常情况，郎牧师应该拥有。卢梭一度寄住牧师家，很可能接触到《道德经》。十年后，卢梭投靠华伦夫人，先当秘书，再做情人，后兼管家。华伦夫人酷爱古罗马文化，藏书近万卷，应该有拉丁文版《道德经》。以上种种只是猜测，我还没有找到确切证据。过些时日，我准备在通信集里找一找，看卢梭与聂若翰是否有相关交往。若无，则属于英雄所见略同。做学问，应该有多少材料说多少话。

我诚呼受益匪浅，罗贝尔淡淡一笑，喝几口茶，仰望巴黎圣母院，神色突然严肃起来。我读得懂好友的神态，这是发布重大新闻的前奏，便主动给他搭一个台阶：近来你有什么重大突破？罗贝尔郑重反问：老子出了函谷关，你知道他去哪里了吗？我认真寻思：《史记》上说，老子骑着水牛一路西行，到了何地，无人知晓。民间传说，老子还活着，活在哪，也没人知道，于是我只能认真摇头。罗贝尔铿锵落语：出函谷关后，老子去了高卢，即现在的法国，汉语对外拼音版的函谷关为 hangu，分开看，han 译音"汉"，指中国，g 喻指 gaule（高卢）。也可以说，gu 是 gaule 的缩写。在圣母院的藏书室里，我找到了确凿的依据。都尔多特在羊皮纸上记下一段话：巨石上的字是一个白胡子老头刻的，他脑门前突，耳垂厚大，经常骑水牛，住在岛左边的茅棚里，很受尊敬，渔民轮流给他送鱼。这个老头不是老子还能是谁?

我失声高叫:这可是世纪大发现呢!

罗贝尔轻声解释:都尔多特负责给巴黎圣母院找地址,历史修养厚实,他的话可信度比较高。只是随后四百多年出现了空白,直到1580年,蒙田来巴黎一周,记下一段话:在塞纳河边,我遇见一位白胡子老人,老得看不出年龄,他在钓鱼,一会儿一条,一头水牛在岸上吃草,尾巴摇得很有节奏。我们舒展谈开,法语除外,老人的拉丁语说得非常好,很纯,一定住过罗马。希腊语也棒,平静的时候,还会说一种我不懂的话,像和谐的歌。老人的高论,我重点记住两句:少写一点,你的随笔会更讨时间喜欢;有些事不做比刻意做更好。前一句我要掂量掂量,后一句,我完全听进去了。

我欢欣补充:蒙田的掂量有一定道理,他常常"漫无计划、不讲方法"地翻书,写东西不怎么润色，着力记录一时触发的想法，具有庄子所说的"天放"之美，多棱面多层次的天放更难能可贵。蒙田随笔译成中文约一百二十万字，当今的读者并不嫌多。罗贝尔接话：无为而为却帮了蒙田的大忙，见到老子的第二年，他当了波尔多市的市长，抓大略小，放手放权，躲在二十多里远的家族城堡里办公，腾出大量时间看书写随笔。换届时，市民又选了他。之前的五任市长没有一个连任的，这叫无为而无所不为。

我急催：你接着往下说白胡子老头。罗贝尔却道：继蒙田之后，老子彻底消失，我认为，他一分为众，用汉语说，分散投于很多胎，在诗人米修身上，我看到部分老子，在程抱一身上，我看到部分老子，他的《虚与实》《中国诗学》法国文人几乎人手两册，引用率超高，为传扬道家思想，做出了杰出贡献。道教讲一道化三清，从某种意义上说，当今许多智者都是老子的化身，法语叫 Incarnations；我的好友、著名作家卡雷尔也想化之，却没化透，他常读《道德经》，打了十几年太极拳，还是灭不了双向狂躁。我和他半斤对八两。老子伟大，智慧光明，并非每人都走得进去，许多人智不到慧中。这是地球生态，无论怎么搅和开导，总会有人跳楼，有人服毒，有人悲观，有人昂首，有人低头，有人笑起来半天合不拢嘴。老子曰：惚兮恍兮，其中有象，恍兮惚兮，其中有物。对于老子的下落，我觉得，还是模糊一点为好，我们只需读好《道德经》，那才是老子的本尊。

我关切续问：你如何看待米修与老子的关系？罗贝尔答：在现当代法国作家中，他对《道德经》的理解最深刻，最透彻。我与他认识在一家咖啡馆，他读老子，我插两句，我们成了莫逆之交。《道德经》他从小读到老，老子的智慧绚烂了他的诗。起初他喋喋不休写孤独、焦虑和反抗。读通老子后，其作品洋溢着光明和安宁，充满愉悦。我举几句："阳光，阳光，我住在阳光里 / 一只手指道 / 天翻地覆 / 心中宁然万物并作。"米修向我说过多次，他第一次把悟道与海洋连在一起。

米修的文本我比较熟，我更想听听他俩的具体交往。罗贝尔回应道：米修的家，我去过三次，很简朴，卧室里只有一床一几，到处堆着书，像禅房。一周的某一天，他会不出门不接电话不见人，类同老子的致虚极。1984 年，米修病危去医院，还是我送的，大诗人说的最后一句话是，"我的画放在客厅的靠窗一角，还没完工"。倒数第二句话是："《道德经》治好了我的某些心病。"

我掏出小本赶紧记下，由衷感叹：十五年前若认识你，我的博士论文会做得更好。罗贝尔笑曰：研究无止境，我们还能相互帮助。接下来，我们各点一支烟，他吞云，我吐雾，一悠一闲靓河水。久坐露天台，人更舒朗。我环顾四野，秋已结尾，梧桐不时抖落几片黄金叶，如诗如画。借捡树叶之机，我伸手在地上摸了几下。罗贝尔好奇地问：我发现走过一栋楼你有时会倒过去看一眼，经常用手摸地面，这是什么讲究，属于哪一派的智慧？我如实回答：我有强迫症，中学快毕业，一个心结没解好，落下这毛病。罗贝尔喝几口茶，柔语安慰："或轻或重，是人都有一点心理缺陷，米修多焦虑，我有抑郁症，吃了一年药还在吃，相信我能挣脱那团黑影。"我宽舒了许多。随后各想各的心事，或拿出小本写几句。半天无语，都不觉尴尬。这是真友谊。

这些病态的细节，让我想起了诺曼底沙滩。一如米修悟道，那是我第一次见海。

动身之前，我反复叮嘱，我一定要尝一尝大海的味道。抵达海边时，我太激动，伙同众友踏浪，拾贝，抓小蟹，马不停蹄，猴跳不止。又发现夏多布里昂的故居，那座城堡名气大。我急速前往，上蹿下跳，左蹦右跳。回到公寓才发现，我还没有品尝海水，心头欠欠的。

第二日同楼的邢某也去诺曼底，我找个小空瓶，买一瓶红酒，送过去道明请求。邢某接过酒与瓶，满口答应，还伸出两指做出个 V，晚上回来，却忘了带海水。我二话没说，从此断了与此君的联系。谢天谢地，在装海贝的塑料盒里，我发现一点水儿，蘸了放入口中，咸咸的，欣然自语：我尝到了海的滋味，内心基本安稳。

一晃过去大半年，我回国探亲，取道香港，晚上漫步维多利亚湾，又窜出尝海的欲望，想起诺曼底，这种欲望加倍强烈。我便想，大西洋连通太平洋，两地汪洋一汪水。我找个缺口下到海面，掬一捧水，喝一小口，彻底解除了心结。或许污染太重，或许离大陆架太近，香港的海有点苦。

几年后，我开始写小说，蘸的常是痛苦。对海水的渴望出自某种病，一时平息了，还会以新的形式冒出。比如说，地上的某条线，我走路没踩着，到家后会耿耿于怀，退回补一脚，则天光亮丽江山多娇。天上若横一根电线，笔直走，我难以通过，侧转九十度，横跨才心平气和。我已看清，人间的许多关卡都是自我折磨，要摆脱，却要绕几个圈。这便是生活。向死走过四十多年，我开始坦然。累了往某个缺口走几步，那儿有风、有氧，可以看到大平原，再专心做一两件自己喜欢的事。我投身文字，乐趣无穷。前年再尝海水，除了咸涩，我品出了别的滋味。还看清一个点：老子的守缺是缓解强迫症的特效药。

太阳已被薄云遮住，我脑中的苦海

已挥发。我抬起头，却见罗贝尔双眉紧锁，嘴角下垂，他一定在想一件比我的海更苦的事。我看看表，已到晚上九点，我略带戏谑地大声收官：诗人维尼宣称，伟大的心灵必须裹满痛苦。用我母亲的话说，我俩是一根藤上的两个苦瓜。罗贝尔微微一笑，仰头望一圈，终于摆脱困境，朗朗说：天圆地方，我们实其腹去。

三、水园

白云几朵湛蓝了天，高速公路格外给力，出巴黎开三刻钟，我们就抵达罗拉小城。那里的气韵更柔和，满眼古楼绿树碧水，与清新的空气组成一个立体的妙，法语叫 merveilleux。再拐两个路口，接近目的地。但见一座大宅院，树间绰约可见一栋小三层的楼。遍地草坪，鸟语亲切，玫瑰分外耀眼。罗贝尔用遥控开了院门，奥迪驶入，轻轻按一声喇叭，走出两位老人。我赶紧下车，热情握手，真挚问候。安顿妥，会聚楼下大客厅。我提来一个红布袋，取出真丝方巾，罗母欣欣然接过，开包直接披上肩，在镜前一照，眉飞色舞，用尽了法语里的顶级赞美词。我又拿出一个长圆筒，脱盖取出名家书法，应我要求，右上角还写着罗贝尔父亲的法汉姓名：

赠送 Claude Dupont

克洛德·杜蓬先生

正文突显八个大字：德高望重，誉满全城。书法已装裱，用的是楠木条，散发着墨香。罗贝尔认出了"高""全"二字，嘀咕许久。我译出全文，罗父高兴地说：巴望许久许久，中国的评语终于来了，祖上若知，一定会跳上地面，我爷爷曾说，哪日在家中接待中国文人，便是杜蓬家族的巨大荣耀。今天不仅来了中国教授，还有名有姓送上盖了章的良好评语。远东已知我在罗拉十万人中的知名度。

罗贝尔撇嘴笑了笑。罗父从墙上取下一个相框，挂上书法，指着左边的奖状低声说：这是企业家骑士勋章，由法国总理签发，罗拉市市长亲自交到我手上。

罗贝尔补充说，这个奖是拿破仑设立的，分三个等级，由军人扩展到企业、教育、科学、艺术等领域，只有一个限定，活着的得奖人数全国不能超过十二万，在罗拉市企业界，目前只有我父亲一人。

可能第一次听儿子在外人面前夸自己，罗父激动得嘴角发抖。罗贝尔常对我说他父亲，贬多褒少。我已发觉，两人三观有点差异，却可相互容忍。罗父只读了高中，能力强，效率高，有时爱显摆。归落平静后，罗父向我介绍客厅的红木家具，好些是中国古董，说得我一愣一愣的。罗父脸上盛开一朵朵鲜艳的花，很像洛阳牡丹。

我整理红布袋，还剩一个纸盒，正要问，从屋外跑进一个五六岁的小男孩，朗声道：牛先生好。我立刻回应：保尔好，你舅舅经常说起你，你很棒。我把纸盒递给他，柔声交代：这是一套皮影戏玩具，叫三打白骨精，两人耍，很简单，夜里玩最好，只需关灯，白天要拉上窗帘，套上灯罩，在光前打斗，影子投在墙上。

我拿出皮影人像，详细解说：这是猴子王，名叫孙悟空。这个是女妖，叫白骨精，她抓了猴王的师父唐僧，要蒸了吃，猴王打败女妖救出师父。保尔兴奋地说：外婆给我讲过，我还看过动画，是《西游记》里的故事，还有一个可爱的猪猪，扛个钉耙，很馋，经常撒谎。我赞扬：保尔知道得真多，以后肯定是个大人物。外婆外公开心地笑。我继续解释：游戏中，用棒或剑，谁先打着对方的头，谁就赢了。保尔高兴地说：动画里是孙悟空战胜了白骨精。我们简单操练了一会儿，他当猴王，我扮女妖，我一路让着，让猴王两次击中白骨精的头。保尔嚷道："我会了，我找玛丽去。"便收好皮影玩具，一溜烟，跑没了身影。

坐在明朝的木椅上，我们继续喝咖啡，

畅快闲聊，从内院走来一位提着青菜的中年妇人，热情招呼：牛先生好，欢迎您。罗母介绍：这是玛丽，在我们家辛苦了十几年，烧得一手好菜。我赶紧回礼。罗父顺势解释：罗贝尔他姐做大学教授，到美国开会去了，她酷爱中国，若在国内，再忙也会赶来。接着，老人从壁炉上拿来一幅地图，展开，和蔼地说：先宏观看一下我们的城市，这是大教堂，这是市政厅，这是中小学，这是邮局医院商业中心。我认真点头，心头很明白，法国的城乡，地理布局几乎一个样：正中立教堂，左为市政厅，右设学校，前后是医院、邮局、餐馆、商店、电影院等。

我仔细观摩地图，约五分之二的地盘呈浅蓝色，注明 Dupont Transport，汉语即"杜蓬运输"。罗父自豪地说："浅蓝色都是我的地盘，是我的公司，罗贝尔喜欢教书，热衷写作，不愿接我的班。唉，人各有志，不能强迫。"正说着，保尔引回一个同龄的小女孩，满脸哀戚，嘟囔道："白骨精总赢孙悟空。"小女孩辩解："他只有一根棒，我有两把剑。"我轻轻一笑，把保尔拉到一边，悄声支一招："当她两剑交叉时，你及时用棒按住剑口，按二三秒，她就会败下阵来。"保尔带着小女孩又跑出去，直到开饭才回来，兴奋地说："和动画片里一样，孙悟空战胜了白骨精。"

午饭吃得悦胃又开心，美味菜肴先搁一边。酒水，罗父备了香槟、白兰地、波尔多葡萄酒、罗纳白、德国精酿黑啤。香槟一千二百欧元一瓶，其余也都很贵。奶酪备有五种，两款昨天由跑长途的员工从外省带回，一般人吃不到那个鲜醇。法国大宴以酒水标档次，用奶酪显爱心。可惜我不善酒，浅浅品过头两种就脸红脖子粗心脏狂跳舌头不听使唤，只得停了杯盏，部分辜负了老人家的深情厚谊，却乐坏了罗贝尔，他酷爱香槟，一杯杯喝个不停。奶酪我却吃了五六块，越吃越有味。平时在家，我定期购买。我一直认为爱吃奶酪是融入法国文化的重要标志。因喜奶酪，外表粗俗的我经常透出几分法兰西儒雅。针对中国，要看对豆腐的态度，此物法语译为 fromage de soja，即"大豆奶酪"，也是奶酪。我观察多年，爱吃豆腐的法国人通常认同和喜爱中国文化，我认识的著名汉学家白乐桑尤其喜欢四川的陈麻婆，他认为，川菜最中国，其麻辣、荔枝、鱼香等综合味型都出于孔子的中庸之道。川人乐吃，反映了老子"圣人为腹不为目"的大智慧。

午宴结束后，罗贝尔领我去后院逛了逛。我一眼辨出，杜蓬家属于大资产阶级，此地临近市中心，占地两公顷的院落仅地皮就是一笔巨额财富。院内的树都整了形，或圆，或方，或锥，辅以花坛，左侧躺一块有机菜地，刚才吃的蔬菜百分之百绿色；右前绿一方是泳池，左后红一块是网球场，四围高耸十来棵百年大树，闹中可以取静。罗贝尔说，除了厨娘，家里还雇了园丁和司机，外加三个勤杂工，看管另外两个更大的院落。

说到财富，罗贝尔总惜墨如金，或者犹抱琵琶半遮面。踱到圆球树前，我看到两个碗口大的洞。罗贝尔说是野兔的家，兔子最爱保尔，他喊几声，小可爱们常常跑出来。我想验证，罗贝尔呼叫小外甥，又补充，我俩要离远一点，野兔不喜欢大人。我们退到榛树背后。

保尔拿着食物高兴地跑来，坐在洞前柔声呼唤：拉斑，拉斑，梅塞合拉斑。才过几秒钟，钻出三只小家伙，呈淡黄色，像妈妈领着两个孩子。小的在保尔的手心吃食，兔妈妈吃铁盒里的食物。那一幕好温馨。

中午小憩三刻，罗父又提议："待会儿我开车，领你去城里逛一逛。"我欢欣雀跃，罗贝尔却说他来了灵感，我立马给他搭梯：你安心写书，晚上我拜读。罗贝尔做个带笑鬼脸，罗父欢快地说：我们出发。前院停了两辆高档轿车，罗父视而不见，径直走到底，推开小长屋的门，进去开出一辆黑色大奔驰。车子黑得发亮，我坐进去感觉特别气派，与罗贝尔的奥迪不同，大奔里几乎没有声音，门边遍布键钮，我随意按一个，屁股下面热起来。罗父解释许久，我才搞清内部机关，坐得更拘谨。

拐入大马路，罗父十分兴奋，指着前面的豪车自豪说：我的座驾可买它五辆。又见一辆雪铁龙，继续显摆：这玩意儿不及我的三十分之一。那款雪铁龙，罗贝尔给我说过，价值两万欧元。我很快算出，罗父的车至少值六十万欧元，可以在巴黎买九十平方米的二室一厅（法国只讲实用面积）。我真诚恭维，心里自语：我知道罗贝尔为什么不愿陪我走马观花了。

罗父执语："这辆车我平时不常坐，主要用于重大场合，用于最讲究的时刻，比如今天，而且不用司机。"我圆瞪小眼，受宠若惊，用我的语句表达感激："在您身旁，我像坐入人民大会堂。"罗父三次去北京，了解此句的宏伟内涵。我还听罗贝尔说，他父亲崇拜老子，《道德经》他读了三个译本。

绕城逛过一圈，我们来到一个著名景点，那儿耸立着一块圆大岩石，其下跌落百余米的瀑布，落距约五十米，说不上壮观，却很绮丽。在中国人眼里，颇具幽默感。高处的圆山石偏红，像脑袋，顶头生长一棵大绿树。落水区上凸两坨黑石，中拱长条石，下端卧水洞，有如人脸。整体像秃头戴一顶绿帽子。也是某种社会现象的写照。

我们刚下车，就有许多人打招呼。罗父像领袖一样，微微笑，频频挥手，一一回礼，然后庄严地把我介绍给他们："这是我的中国朋友，牛教授，不远万里来看我，c'est un licencié en littérature française。"后一句译成中文，意为"他是法国文学的大专生"。我偷偷一乐，抿嘴笑，暗暗揣摩：licencié 来自 licence，第一词意为"许可证，执照"，是商人最看重的文件，由此深深地刻在老人的心中。如此夸说几次，某些人皱皱眉，或撇嘴暗笑。罗父超级聪明，看出了蹊跷，独处时问我：licencié 后面还有什么等级？我如实回答：还有学士、硕士、博士、博士后。前面呢？前面只有 DEUG，等同我们的中专，只是一个两年的阶段文凭，后来取消了。顺带我标明了我的学位等级。我在巴黎八大攻读博士的前两年，还有一个台阶，叫国家博士，最高档，中国人获此殊荣的只有一人，叫栾栋，研究法国文艺学，国学功底异常厚实，回国后去广外当顶级教授，前不久，却被小小病毒夺去了生命。

听过我的列举和陈述，罗父全然明白，援引老子的话自嘲：我千里之行始于足下。我顺其道锦上添花：您返璞归真，最道家。罗父宽宽一笑，乐入心里。再遇熟人便换一套说法：这位是我的中国朋友，巴黎第八大学的法国文学博士，加拿大的国家博士。从对方的惊讶中，罗父得到极大满足。不知有心还是无意，老人家给我提了一档，我只在加拿大做了半年博士后研究。只算学术经历，不发文凭，比国家博士差一大截。

还有一件让我惊奇的事情：小小罗拉城居然设了零点地标，精确点明市中心。巴黎的零点坐标位于圣母院前方 100 米，但见一个拳头大的小方铜板，却是法国的正中心。有了这个点，巴黎与其他都市的距离可以落实到个位数。马德里的零点地标，我认真看过，位于长方围古楼中间，与巴黎的距离为1274.039公里。这是一种精确意识，饱含科学精神，具有强大的文化生发力。德国的零点坐标最多，思维更精确，他们的机器出类拔萃，誉满全球。在江汉车辆厂，我开过德国刨床，做出的产品特别棒，高于日韩美。

往事历历多寓意，想一轮，我又回到豪华大奔里。罗父也很严谨，喜欢用数字说话，条理清晰，环环相扣，他给出的法国工业各类数据为我日后教学帮了大忙，也是国别研究的一个重要抓手。前车窗已落下，我们边开边聊，跟路人和其他车辆打招呼。通常是路人举手，司机鸣笛，罗父挥手回礼，或按一声喇叭。绕了二三圈，我已确认，罗拉城的成年人几乎都认识罗贝尔的父亲。

回到家已七点半，罗贝尔还沉浸在

文字里，声东击西，云盖雾绕。晚餐主打瑞士火锅，很纯很纯的那种，我们用小面包块蘸着煮开的奶酪来吃。餐后主谈老子，罗贝尔返回现实，话语接上了地气。罗父拿出一本没有署译者名的法文版《道德经》，激动地说了许久。该译著出版于1980年，译者有两位，第一位是哈文博士，二十世纪初著名秘传学哲人，只译三分之一就魂归西天。临终叫来弟子达希尔，恳求他完成遗作，还提出一堆建议和标准。弟子领命，呕心沥血完成了老师的遗愿，深知自己的笔法有别于老师，学识不逮，不愿让师长承担自己的浅薄，决定不署名，更何况道家崇尚匿隐。这个匿名版世界独一无二。

罗母补充，买这本书的时间地点也有说法。牛先生来法国的前一天，克洛德去巴黎办事，在圣母院左岸的旧书摊买了这本书，具体地点在罗贝尔常说的道碑旁边。

罗父接过话：摊主是个中国人，秃顶，耳朵超级大，吊一串白胡子。我睁大眼，久久说不出话，罗贝尔赞扬父亲：与中国人在一起，你像换了一个人。父亲微笑不语，猛然又问：保尔呢？罗母答：玩累了皮影戏，可能上楼睡觉去了。罗父提醒：他还没有向中国客人说晚安呢。罗母"哦"一声，起身上楼，过一会儿把保尔领来。小家伙穿着薄白睡衣，两眼惺忪，步态偏斜，模糊道：牛先生晚安。我拍拍孩子的头：祝你做个好梦。

第二天上午，我随罗贝尔去看他家的近郊大院，才开一刻钟，就见到占地两百亩的山园。正中凸一小山，高约八十米，山脚兀立两栋小楼，满眼的树，四周围栅栏，整体明朴，有人看管。罗贝尔介绍：这是我姐姐的领地，主要产水果，鸭梨最俏，桃子第二，供应本地三个超市。他问我进不进去。我说：有些景远看更悦眼，我想细瞧你的水园。罗贝尔高兴地说：仁者乐山，智者乐水，我父亲常举这一句，还说这是老子与孔子的通合点，他买这两块地，依循的就是这句话。

说着说着，我们来到水园，相隔半里停下。罗贝尔讲过多次，那园占地三百亩，仿佛比山园大一倍。我开门下车，闲走慢看。四周围了铁栅栏，形态比刚才更讲究。园中央有一个湖，凡一百二十亩，边缘建了三四米宽的沥青路。正中耸立一栋三层小楼，旁边有两间平房，附带更大的仓库，密布很多树，最大的接近六百岁，传说是蒙田栽的。楼宅背后铺展五十亩绿色菜地，郁郁葱葱，生机勃勃。

我们又上车，慢慢开，两位员工打开大门，站在门旁笑脸欢迎，我热情回礼，奥迪停在小楼边，平房里备好了咖啡和矿泉水。我们临窗坐下，我继续观景。水园东面，有座高约二百米的山，西边流淌着塞纳河，河与水园之间，有一条小溪，对岸泊一条机动船。我问罗贝尔：你这园里什么最独特？他回答说：湖东角有三眼终年冒涌的盆口大的清泉，很像济南的趵突泉，咕嘟咕嘟咕嘟，三个眼子一起冒。湖里都是泉水，化验过，可以直接饮用，偏低的西边有一面不锈钢拦网，溪水永久流，注入塞纳河，投入大西洋，我的湖连接五洲四海，园内的有机菜价格比外面贵三倍，总是供不应求。我还想往下问，罗贝尔提议：我们去喂鱼吧。随即步入仓库，里面停放着几台农用机器，西角堆饼肥，东角有一堆干枯面包，以法棍为主。罗贝尔解释说：我们的天然蔬菜定点供应本市三个大超市，精华出口英国比利时，已做出品牌，叫杜蓬天然。他们过了期的面包，我们低价收购，或免费领取，只需做好清洁。总体算，过期面包比饲料便宜得多，鱼儿吃了味道非同一般，附加本地独有的马菱草。

我们各装一大篮陈面包，提到湖边，远远投入水面，须臾间，鱼儿倒腾起来，都是国内常见的鱼种。有鲤青草鳡鲢加胖头，从中国引入的。我不解地问：你不吃淡水鱼，养它为个啥？罗贝尔回复：家里人也不吃，却是上帝的恩赐。十年前，我认识了中国城陈氏超市的大老板，他也喜欢码字，来我这做客，我让家厨烹了两款湖鱼。陈老板吃了，眼睛睁得像葡萄，非要看我的湖，看过又要和我签合同，他出特殊价，包销我的鱼。陈老板的确有眼光，才卖半年，我的湖鱼便创出了品牌，名声日益高涨。

后面的故事更精彩。与陈老板合伙的老二想买下水园旁边的湖，以扩大鱼的产量，陈老板拖延道：罗贝尔了解情况，与他讨论讨论再决定。聚到一起，罗贝尔坚决反对，理由如下：老子曰，大成若缺。饥饿是最好的厨师，适当不满足暗通最大的满足，欠缺可做最佳广告。科学而言，旁边的湖大我的两倍，形成于罡岩地涌，我父亲做过化验，水质硬劣，不宜养鱼，还有对身体不利的成分。该湖地涌太多，引入三眼泉等于杯水车薪。若抽干湖水，堵住地涌，工程巨大，即便多卖五十倍优质鱼，历时百年也捞不回投资成本。还有一忧，如此扭曲自然，不知会弄出个什么怪胎。老二听取了罗贝尔的建议，放弃扩张。又学欧佩克，三人限定了水产的年月配额。

守缺果然结出硕果。再往后，能买到杜蓬鱼已成为能力与身份的象征。陈氏超市名声大噪，整体营业额明显增长。乘悦向兴，陈老板又去水园游一次泳，应景建议：你可以清一清河里的淤泥，我在黄陂乡下长大，了解塘泥的正负功能。听到

"黄陂"二字，罗贝尔心头一腾，在《光明之路》里，他写了这么一节：朱棣攻占南京，建文帝从后面的水门逃出，化度为僧，在湖北黄陂长堰的竹林寺里隐居三年，稳定了格局。罗贝尔认为，正能量典故会滋润当代一角。他应陈老板的建议，买了一条多功能机动船，可清淤泥，可打鱼，还能给湖里补氧气，大幅度节省了劳力。水园的固定员工降到两人，一人管湖，一人管菜，闲时相互协作，忙时雇临时工。

将清出的淤泥铺到菜地，意外又获一喜，长出的菜加倍好吃。大名传到英国和比利时王宫，两国御厨亲自来考察，签订特供合同。王宫讲究安全，运输自己负责，省去许多费用。很快传出，女王伊丽莎白二世酷爱水园的茄子、青椒、西红柿，比利时国王只吃水园的生菜和豌豆。正说着，罗贝尔的手机叮叮响，来了短信，他看一会儿说：是我最好的高卢朋友米歇尔，电器工程师，像维昂一样，会吹小号，业余写诗，此刻在比利时出差，脱不开身，要我代问你好，他一回就来拜访你，我们聚一聚。我回答说：代我向他致以远东的崇高问候。

水园由罗贝尔打理，长子常来帮忙。这是罗父的提议，他在隔代培养接班人。罗贝尔向我交了个模糊财底：杜蓬鱼菜可以养活三十个人。说模糊，是因为一般家庭和富贵人家的消费天差地别。法国人不喜欢谈钱，我没有细究。兴旺到去年底，罗贝尔在湖边给老子立了一方碑，理由是，他的成功得益于老子的守缺智慧。

嘟嘟嘟，机动船开始作业。我们挥手致意，船工舞臂回礼。干面包投光了，我们又围湖走一圈。路面很软，有点驾云的意味。行至中段，我们横插十几步，来到老子碑前。但见一座高一米七左右的石体，上方塑老子头像，用的是汉白玉，整体面湖。黑色碑体上凸出两排白字，先中文后法语。第一排：老子，又称李耳、李聃，生于公元前约 570 年；第二排突显四个乳白大字：上善若水。

罗贝尔匠心独运，没有落卒亡期，意味着老子还活着。我向他伸出一个大拇指，背诵起《道德经》第二十八章的名句："知其白，守其黑，为天下式。为天下式，常德不忒，复归于无极。"在黑白的分合之间，我窥见一景。地球公转也自转，一圈圈地进化本体。太阳落下，月光柔万物，气流串水融通全球，康健人类。反者道之用。第二日，骄阳又照出新景观。以退为进，老子不守旧。

却有一点小遗憾，若水的"若"，刻得有点像"苦"。

返回中间住人处，我们登上小洋楼，二楼的书房近五十平方米，视域开阔，感觉舒坦。罗贝尔深情回顾：《光明之路》最精彩的部分我是在这儿写的，最后一稿也是在这儿改的，左边一堆是最早的文案。由此起兴，我们有一段对话：

"《光明之路》你一共写了几稿？"

"总体三稿，算上修修补补，说八十稿也不过分，我认为，佳作是改出来的。"

"法国作家中，改得最酷的是福楼拜，《情感教育》开头一页，他写了十一稿。视觉满意后，他独处空房，高声朗诵两遍，再精磨润色。"

"普鲁斯特改得也独特。《追忆似水年华》的第一卷《在斯旺家那边》自费出版，价钱谈定一千五百法郎，约莫现在的四千欧元。一校出来后，普鲁斯特添加的部分比印好的往往多一倍，到处涂涂抹抹，排字工最怕他。到最后，出版商又收了他两千法郎的修改费。"

"和你一样，我也反反复复地改，得了强迫症。末尾却发现，能满意到十分之七八，已入佳境，八是峰顶。写作也要守缺，圆满等同自毁。还有潜在奇妙，现在的缺点过几十年也许会变成优点。"

罗贝尔惊叹："最后一句是格言，我要记下来。"我们高高兴兴握了个手。征得他的同意，我取出十余页打印稿，恰好是写建文帝隐身江湖的方案，开篇写道："建文躲在哪儿，一直是个谜，流传有七八种说法。有湖南版、杭州版、福建版、武汉宝通寺版、南洋版等。我将取武汉版，更换地点，把建文藏在黄陂长堰的竹林寺里。"看到设计与某个传说合二为一，我的内心微微一震：竹林寺紧靠我母亲的家乡，在那儿，我度过了童年。小时常听老人说，几百年前，村左繁茂的竹林里暗藏一座小庙，曾是建文皇帝的隐身处。明英宗时期，钦差路过竹林，发现了七彩光，那是帝王之相。一个月后，潜来三十多个黑衣人，手起刀落，砍断了林中最高的楠竹，断口处流出一摊血，一如人的腿伤。七彩光从此消失。临近黎明，向东滚去三个响雷。由此传说，长堰出不了天子，只能出娘娘。那条龙脉却没有断，只是挪了点位。三百八十三年后，距我们村三公里的黎庄出了一个大人物，叫黎元洪，两任民国大总统，虽然被总理架空，但也是真命天子。只可惜，"文革"烧毁了竹林寺。我看见，庙起火时三个光头和尚都哭了。

我费力走出往事，问罗贝尔："你为什么写黄陂长堰？"他回答说："十年前我认识一个来自长堰的华侨，给我讲了砍竹流血的故事，播下我写《光明之路》的第一粒种子。《朱棣向北》完工后，我写黎元洪，他是黄陂人，家乡离长堰不远。还有个巧合，译者老周也是黄陂人，认识你之前，老周陪我在长堰招待所住了三天，带我详细参观了黎元洪的故乡。"

我喝几口矿泉水，轻声问："知道吗，

长堰是我度过童年的地方。"罗贝尔"啊"了一声,眼睛瞪得像灯笼,张开的口半天复不了原,然后高嚷:"天圆地方,我们再拥抱一个。"

与长堰呼应,我讲起一件乡村往事。1985 年暑假,我前往离罗拉城不远的梅斯做田野研究,到得比较早,便去集市逛逛,听到一句黄陂话:"列条大黄鱼嗯拿到,肉喔割了十斤。"我走近一看,是一对五十多岁的中国夫妻。我用黄陂话搭讪:"嗯嘟个好(老乡您好)。"夫妻俩顿时呆住了。我又说:"喔(我)也是黄陂人,老家在长堰。"那丈夫一把抓住我的手,妻子惊嚷:"嗯个巧,还是同一个乡。"随后亲切谈起来。丈夫姓刘妻子姓张,1950 年从台湾来,如今开了两家中餐馆,生意火红,两个儿子就职于巴黎,都买了房,社会地位比较高。听说我还没找到住宿的地方,刘先生立马定夺:"别去旅店,住我家。"我欣然接受。两口子住在河边一栋二层楼里，比四周的住宅楼气派得多。我住大儿原来的房间，啥都有。第二天刘先生开车陪我在城里逛了一整天，我要做的项目完成一大半。一路全是他买的单。我掏钱，他死死按住我的手。家里吃的像在王宫里。离开梅斯前一天的晚上，两位又请我去当地最好的米其林餐厅吃了一顿西餐。这一切只源于一句乡音。

罗贝尔评论道："我们遇到的长堰人很可能是同一位。"而后问："我写黎元洪能使用这个故事吗？"我说："我特意给你讲的，想怎么用就怎么用，像在你自家一样。"他的嘴角直往上扬，片刻后又请求："你能教我两句黄陂话吗？"我张口便说："窝色的越。"重复三遍，他记住了，问我什么意思。我说："使劲地喊。"罗贝尔再度催："第二句！"我高嚷："个骡日的（狗日的）。"他试了几下也记住了。没等他开口，我给出相应的法语单词。罗贝尔爽朗大笑，来了灵感："这是一个重要启示，我写黎元洪要适当关注性，这个点还没人写，纳妾与否是关键，纳多少乃花絮，艳遇作为高潮。"

湖风阵阵，天空湛湛蓝，我们又讨论了一会儿新历史和法国比较时髦的非虚构写作，罗贝尔想融合二者写出令人耳目一新的佳作。我用更地道的黄陂话喧嚷："大越天里合越茶月合月越（大热天里喝热茶越喝越热）。"

嘟嘟嘟咔，运作许久的机动船停靠在湖这边，瞭望镜反射一道光，照亮书房隐晦一角，某物在跳晃。我顺眼看过去，发现一个玻璃罩，离地约一米，呈长方形，大如登机行李箱。走近瞧，乳白底板上存放两个褐黑色兽角，单个略比小孩手掌大，顶尖偏白。我急切问："这是什么宝贝？"罗贝尔停了半天，然后慢慢地说："你觉得像什么就是什么。"我一口咬定是牛角尖。罗贝尔反问："何以见得？"我说小时候我在长堰放过牛。罗贝尔的脸都憋红了，久久不往下说。我更好奇，正反左右，变着法儿套他的话，缠了近半小时，他终于交了底：这两个的确是牛角，他做了碳十四鉴定，它们有两千五百年的历史，比老子小二三十岁。我心中一震，穷追不舍。罗贝尔首先展露外围："有位高人来看过，看了许久，走时叮嘱我，老子曰，知者不言，对这一对牛角，你最好保持沉默，别人问，你敷衍，不要随便透底。你纠缠了三刻钟我才说出来，已经不随便了，更何况，你来自老子的故国。在这间书房里，我接待了十几位朋友，只有你一人注意到那个玻璃罩，这是缘分。"我实言相告："没有船上的反光，我同样会忽略。"

罗贝尔欣然说端倪："这两个牛角是我立碑时发现的，很可能是老子骑的那一头水牛的。我查了很多资料，除了这一头，水牛只在法国的马赛出现过。老子见蒙田是 1580 年，到十七世纪初，有文字记载，那个白胡子老头骑水牛沿塞纳河往东走了，再也没有回巴黎。"

或许太激动，罗贝尔喝几口水，稳片刻，才继续说："至 1700 年，老子过了两千岁，按你的说法，已被时间定眼，看一眼便获得永恒，而且是活着的永恒。他想落叶归根，才走九十公里就归于尘土里了。说来也奇怪，在石碑那儿，我挖地六尺，没有找到任何人体遗骸，也没挖到牛骨。父亲雇来考古队，搜遍方圆三公里，也没找到人体残骨。两个牛角当时较长，根部腐烂一大截，做完碳十四，我把腐朽部分埋在石碑下。在碑身上，我无法写出老子的入土日，留给后人写更准确。"

我高声感叹："这次来巴黎真不寻常，我从惊奇走向震撼，一个接一个，消化起码需要一个月。"

应我要求，罗贝尔随我下小楼，再去老子石碑，白头黑身，远看颇像汉字的"首"，我顿时领会为什么聂若翰会把这字与亚里士多德的第一动力联系在一起，其背后，可能有更生动的故事。我围着石碑转了好几圈，坐下用手抚摸地上的土，不知为什么，感觉与刚才截然不同。我站起读碑文。关于老子的家乡，国内有几种说法，司马迁写的是陈国苦县，在今日河南周口市。也有人说是在安徽的涡阳，或湖北的襄阳、陕西的关中。看到碑中间那个刻得像"苦"的"若"，我直觉地坚信司马迁说得最准。离开时，我又给老子碑行了一个大礼。

四、妙合

一晃到了星期二，临近会见郁金香的佳期。我拿出灰蓝西装，精心熨烫，再顺白衬衣。那是一套地道"圣罗兰"，我用稿费买的，花了一千六百欧元，是我最好的行头。几年间我出席重要外事活动都穿它，"沐猴而冠"，更有模样，也是文明结的彩。我自查自警：上一回怪我缺气量，自卑作了祟。这一次我要从容大度，着实讲究一回。我早已买了郁金香爱吃的巧克力，第二天我周吴郑王，又买一束鲜花，以红玫瑰为主。还抹了幽默型香水。

我早早出门，沿途闲看，从容走到圣母院背后的小岛。此地三面临水，房产在巴黎卖得最贵。寻摸片刻，我找到郁金香的宅楼。她住二门三层。右方百来米，曾是美女雕塑家卡米尔的家。我看了看表，正七点。按法国习俗，我去河边转一转。临近七点一刻，我来到302，按过门铃，响起脚步声，开启门扉，郁金香穿一件介于睡衣与风衣之间的鲜红长裙，接我的礼品，高调赞美，随手闲置，两眼柔柔看着我，口吐一串蜜语："你终于穿西装应约了，时光已追回，除了心结，我很高兴。谢谢，谢谢你。我帮你松一松绑。"

昔日恋人伸出两只温玉般的手，摸摸我的脸，用勾起的中指划一划我的鼻梁，再轻轻解开我的领带，松开衬衫和皮带，而后脱掉自己的红裙，内中柔白一条。我们裸抱在一起，四只手漫游开来，呼吸急促，两眼热望时，微风骤转暴雨，我们颠鸾倒凤，龙腾鱼跃，地动山摇，奔放一小时，直到她绵绵躺在我的臂弯。

爱情也是个力气活。巴黎的三十几座桥下，柔缓流着塞纳河，逆反了阿波利奈尔的意境。我们缓过气，又折腾一回。躺了许久，我们谈起卡米尔。郁金香径直口喷："罗丹是个渣男，十足人渣，毁掉了一个卓越雕塑家。精神失常那个月，卡米尔把许多搬得动的石雕都丢到塞纳河里去了，那块水面离我这儿不足三百米。"

我戏谑："卡米尔也本事非凡，让罗丹签了份保证书，除了老婆萝丝，他不能激情地交往其他女性。"我这么说，想表明一个观点：清官难断家务事，在爱的纠葛中，一两句说不清谁是谁非。郁金香更正我："那时还不能叫老婆，罗丹与萝丝临终八个月前才结的婚，一个七十六岁，一个七十二岁，客观地说，罗丹也有大气的一面，归西前两年，连同宅楼，他将所有作品都捐给了国家；交接之前，他让助手把三层楼里的空酒瓶全部收起来，一共卖了三十六法郎，相当于时下一百欧，抛出一句名言：此刻，我是世界上最富的穷人。"详细论说二人的爱恨情仇，我们共同感慨：爱情是蜜是糖，也是毒药和炸药包。

末了我说出有关卡米尔的一件遗憾事儿。十年前，一位研究卡米尔并热衷潜水的法国好友找到我，手提两个大方包，要我与他一道在塞纳河里寻找卡米尔丢的小雕塑，就在这附近的小石桥下，得到的成果对半分，他有下家，随时可以兑现。圣母院背后人来人往，美女多多，只着一丝，我哪里挂得住。最关键的是，我不相信个人捞到的文物国家不没收。郁金香确认，法国尊重个体，你在水下找到的文物归你所有。我只能唉声叹气一下。当时我对法国好友说，你自己下去摸，我帮你看衣服，接货，不参加瓜分。好友道，水下探宝，最少二人，独个搞不开。我找了个借口，说今日偏冷，等天更热了我们再试。几天后，好友却找了份好工作，很快被派往日本，水下探宝便不了了之。半年前，在好友指定的水域，不到二百平方米，法国水下考古队找到三十六件小雕塑，全是卡米尔的，都签了名，刻了日期。上周罗贝尔告诉我，最小的一只手，估价三十万欧元。

郁金香披上白色浴衣，走到壁炉前，取来一件不大的雕塑。艺术神圣，我赶紧穿上另一件白袍，正襟下床，接过玉雕，我脱口而出：应该是罗丹《吻》的底稿吧？在罗丹博物馆，那件成品我观摩了半小时。一男一女侧身裸抱在一起，激情相吻。作家格塞尔评述：肉体在焦虑地战栗，好像预感到两个灵魂所希求的结合是不能实现的。我仔细看时，又觉得不完全一样。这一尊更奔放，也更粗糙，男人的手搁在女人肩上，罗丹的手放在女人的大腿上。正纳闷，郁金香提议：你看看座底。我翻过面一瞧，底面刻着"卡米尔，1880 年 9

月"。那年卡米尔仅十六岁，三年后才认识雕塑大师罗丹，却已在家乡维尔纳夫办过个人雕塑展。

郁金香说："这尊小雕塑，就是半年前从塞纳河里打捞出来的。价格保密，我只告诉你我才买三个月，它就涨了四十万欧元。当年你要是下水捞到它，这一辈子都不用上班啦，像普鲁斯特那样写作多美好呀。"我苦涩应和："挣小钱靠勤奋，挣大钱靠命，我已认命，这辈子我只能设法站稳讲台，当好教书匠。"郁金香安慰说："别泄气，地球还在转，机会仍然有，你继续努力，条条大道通罗马。"顿了片刻，她又说："这部作品一路看涨，出自一个谜，罗丹的《吻》完成于1882年，在卡米尔的作品之后，他们1884年才走到一起。从其余的三十五件小雕塑中，专家们又发现，罗丹后来的五件作品灵感来自卡米尔。有人猜，罗丹有可能微服看了卡米尔在家乡举办的个人展。维尔纳夫离巴黎不远。"

已到晚十点，太阳还没全落山，肚子却咕噜咕噜叫起来。步入餐厅，我才有机会细看套间布局。这是大号的四室二厅，居住面积达一百六十平方米，装饰豪华，过去一定是贵族住所。忙一小会儿，郁金香热好一大锅法式炖牛肉，买的成品，也喷喷香。我殷勤拿饭分汤布菜，最后自盛一碗，拌牛肉、浇汁，加上生菜，大快朵颐。连续做两次，挺耗体力的。末尾又吃了三块奶酪。

那一夜我住在郁金香家，听到巴黎圣母院敲了三次钟。分手前，郁金香说，我已办蒙特利尔移民，后天去加拿大，准备卖两套法国住房。这一套永久保留。不用给你我的新址，我也不要你的痕迹。当今繁复，无牵无挂更爽利。但日后只要遇见，邂逅尤佳，我们都要赤诚见一回，甚至厮守余生。我没有吭声，伸出手，郁金香也伸出手，面对圣母院后背，我们在空中拉了个钩。一瞬之间，我全然轻松，心中亮堂。切肤拉近了彼此距离，引出心灵默契，量出了器官的吻合。这一点至关重要，明说的少，却是夫妻幸福的第一保障。隐隐觉得，我们之间还会发生点什么。刚才拉钩时，郁金香笑得很少女，过来人返璞更可贵。还伏了一笔，那一钩类似汉口条约，极不平等。郁金香若想找我，分分钟的事，我执教的大学曾是她童年的乐园，每栋楼的位置她都一清二楚。

第五日，罗贝尔出差回巴黎，我每天都要往他家跑一趟，最长待了九小时，依旧谈文学。每次去，他都打开电脑，读他昨天写的小说，有几段我记得比较牢："夜已深，朱棣在院中散步，久久地看着星星，迁都北京是一件大事，该慎重的不可大意。他已得到确切的风水消息，南京太精巧，到处飘浮建文的气息。北方傲视九州，更宜久安。最重要的是，北京是他的藩地，他如鱼得水，放得开手脚。"每一次我听半小时，最少一刻钟。对刚才那一段，罗贝尔做了个有趣的解释：我没有用金陵、石头城、建业、应天、江宁等南京的别称，中国人使用可以显示学问，在法国用多了，只会把读者搞糊涂。

罗贝尔念完后，我细心想一会儿，先说亮点，真诚赞扬，再说一二困惑，或提几条建议。他点一支烟，吐一大口，认真记录，不时解释几句，更多的却是回赞。如此来回，有效提高了我的法语思维能力，优美我的口语表达，罗贝尔兼听更明，百分之百双赢。而后我们喝茶，依旧用宋代的碗。只可惜唐朝的砚盘搁在博古架上，只许用一次，我没机会再暴殄天物，却暗暗自豪，我把烟灰留在了唐代，略带李白的风采。

之于罗贝尔，写朱棣有如洪钟大吕，敲过了，他会弹一曲吉他，给我二三页文稿，写日常的，篇篇细腻入微，气韵生动，从中我窥见他经营文字的功夫非一日之寒，还辨识出他与一个叫克莱尔的女教师的亲密交往，写得比较色情，或者说，比较感性。

"礼拜天的早上，我们坐在宽大的阳台上，天湛蓝，克莱尔穿一件宽松白汗衫，见得到丰乳的抖动。早餐端上来，我们相互对视，充满温情，吃着羊角面包，喝着牛奶。空气清新，鸟儿在伴奏。亲切聊一阵，我们收拾餐具，各自看书，然后她进屋写作，我点燃一支敦喜露，顺风朝右吐，不让一丝烟儿飘进她的卧室，她讨厌烟味。我用手提电脑在阳台上写作，常常忘记一切。太阳已高高升起，克莱尔轻轻走过来，搂着我的肩，解开一二纽扣，两手抚摸我的胸，慢慢滑下去……"

后面太暴烈，只得打住。复原如此详细，并非我记忆力好，而是前不久整理书架时，我找到他来武汉时送我的一摞打印书稿。还有落款"克莱尔"的三首诗，在此选译一首：

有些被心撕碎的时刻

有些被词语倾覆的心

有些遗忘被心灵废除

有些心灵被遗忘腾升

而我，倾覆在黄昏里

我滑，你跑，我飞，我在你怀里吼叫

有些音被声窒息

有音被吞没的声

有些被生活穿透的眩晕

有些被眩晕久久缠绕的生活

而我，倾覆在黄昏里

我滑，你跑，我飞，我在你怀里吼叫

喊出受苦之心的意想不到

在一定的干枯中狂喜，深渊的焦虑

在真理脚下付出代价，无声爱的

词语，投身于美的荣光在表述

而我，倾覆在黄昏里

我滑，你跑，我飞，我在你怀里吼叫

可以看出，克莱尔的文学修养不亚于罗贝尔，她是一位有前途的女诗人，文字将两人紧密拴在一起。读着谈着议着，天已偏黑，罗贝尔还在高谈阔论，我细语抗议：别文学了，民以食为天。罗贝尔看看偏黑的教堂，如梦初醒，道歉说："一触及文字我就自恋，把什么都忘了，我要去忏悔。"我笑曰："码字人都这德性，你半斤我八两，很可能我比你更恶劣。"罗贝尔宽宽一笑，让我挑选餐馆。今天来我走的是新道，立马想起刚才路过的麦当劳，觉着眼熟。罗贝尔犹豫片刻，依了我。

赶到目的地，恰好人不多，我们点了所需的食品，找到空位坐下。这里的装饰都很活跃，轻轻飘飘，鲜明快畅，仿佛在说：快快吃，吃了就走。这机巧正好吻合罗贝尔的心态。食品刚到手，他便用巴黎俗语催：迅速捣整，而后喝咖啡，斜对面的"雅克兰"开了快三百年，伏尔泰、狄德罗、雨果等经常去，在那里交谈有氛围，更能催发灵感。我只能表示赞同。

罗贝尔只点了一杯可乐和一个牛肉汉堡，一声不吭埋着头吃。我要了全套，被迫较快吃完。秋到尾端，晚风柔丽。我们直去"雅克兰"，刚刚坐下，他铿锵道白：我最讨厌麦当劳。我问为什么？好友答：什么都不为。我笑说：可能受到某种刺激了，全世界开设麦当劳最多的城市是以美食闻名的巴黎，也是市场规律，全球每年游巴黎的旅客最多，他们爱吃，就有人开，不断地开，经济也有一双无形的手。罗贝尔耸耸肩，反问：你为什么喜欢麦当劳？我答：谈不上喜欢，我只想温一温历史，第一年我来法国上的第一个餐馆是麦当劳，很可能就是刚才那一家。

罗贝尔"哦"一声，不再揶揄。点过饮料，他高兴地说起咖啡馆与法国大革命的关系，那是他的本行。他口若悬河，有理有据。我认真听，默默地记。主要信息如下：十八世纪中期，沙龙让位，咖啡馆成了法国人交流思想的重地，也是舆论的主打平台，投一石，可以激起千层浪。"雅克兰"乃中心，许多纲领在这里讨论通过，包括《人权宣言》的部分条文。到了二十世纪中期，中心挪到圣热耳曼大道的双叟和花神两家挨在一起的咖啡馆，主角是萨特、波伏瓦、加缪、维昂，主要探讨存在主义，以文学为抓手。

我在花神咖啡馆打过半年工，知道许多文坛细节。我添加了罗贝尔不太清楚的几则花边新闻。在"花神"底楼，萨特曾热情接待了他终身伴侣波伏瓦的美国情人尼尔森。那是二十世纪六十年代中期的一个初夏黄昏，尼尔森走出地铁，抬头看到"花神"二字，心中直打鼓：我把人家的情侣占了半年，待会见面，第一句话，我该怎么开口。说来也轰轰烈烈。一年前，波伏瓦去美国讲学，与纽约作家尼尔森一见如故，当晚肉亲，如胶似漆，那是波伏瓦的天上人间。尼尔森动了真情，单脚跪地求婚，波伏瓦吻了吻他，冷静说："我离不开巴黎，离不开萨特，长期不见塞纳河，我写不出好作品。"尼尔森定眼看了许久，只能却步。回到法国数月，波伏瓦寄来一封挂号信，说，萨特欢迎你来巴黎。

尼尔森惊喜交加，却不知这反常之邀有自己的背景。早在二十年代末，萨特就与波伏瓦签了一个恋爱协议：我们之间是必然之爱，与其他人，还可偶然地爱。简单地说，我们是第一情侣，出了门，可以各找各的情人。萨特身先士卒，把波伏瓦教的漂亮女学生勾去两三个。波伏瓦也诱走了萨特班上的一位有才华的俊男。从高等师范学校毕业后，两人都在高中任教，狡兔先吃对方的窝边草。萨特随后又找了七八个情人，几度遇到麻烦，都是波伏瓦出面解的围。此刻情侣有了新欢，萨特他不能漠然置之。尼尔森刚到咖啡馆，萨特率一班人马迎出来，张开双臂，热烈拥抱。欢迎，欢迎，热烈欢迎，你的书已在巴黎联系好了出版社。尼尔森受宠若惊，准备好的话一句都没用上。点了饮品，大伙围绕如何出书说开，再谈法美文学。时不时，波伏瓦摸一摸萨特的手，又柔情看看美国情人。尼尔森来巴黎，她在家里打扮了一小时。这等待遇，萨特望尘莫及。进入五十年代，波伏瓦与萨特基本没有床笫之欢。两人各住各的屋，相互以"您"相称，依恋更多是在精神层面，到老情更浓。安葬萨特时，波伏瓦悲痛得几乎瘫痪，葬礼坐轮椅去，她投下一朵玫瑰，众人才往墓坑填土。波伏瓦故去，埋在萨特身旁，手上戴的银戒指却是尼尔森送的。

这段故事却引起罗贝尔的负面反应，他慢饮橙汁，沉默许久，苦苦说："各人有各人的问题，都无辜，却有祸首，梨花洁白落满地，此句是老周送给我的，用在了《光明之路》的译后记里，不知为什么，我特别喜欢。"说完，他举起手中只剩一丁点橙汁的玻璃杯，久久透看前方墙上的画，平淡附一句："花神咖啡离卢森堡公园很近。"

我搞不清此话的背后含义，举起我的

咖啡杯向他点两下，如同脱帽行礼。前方挂的画由几十种文字拼合，是不同语言里的"爱"，色彩奇妙，造型超现实主义。某些爱却是黑黑的，有点阴森，我认出了英语的 love，法语的 aimer。中文的"愛"用的是繁体，中间的"心"超比例地大。还用"法国巴黎"四个汉字拼成埃菲尔铁塔的形状，底色隐现一个红白蓝相间的"道"。画家却是法国人。惚兮恍兮，我觉得某些因素在向我讲述某些故事，有如禅悟。或许太累，悟到一半又短路了。

回宾馆躺在大床上，人松弛下来，咖啡在我脑海泛起涟漪。我突然发现，高卢的许多秘密隐藏于汉字中，如同罗贝尔在拼音字母里找到了老子的下落。巴黎的"巴"有两个口，会意交谈，巴黎人话最多，语速最快，开口的次数名列世界前茅。两口交合也可表接吻，巴黎是著名爱情之都，其浪漫有口皆碑。法国的"法"以

"水土"立邦，乃欧洲第一农业大国。

这一悟得益于罗贝尔的父亲。那日随他登上一座小丘陵，眼前伸展一片无垠的肥沃土地，主要种葡萄，巴黎东部以产香槟酒闻名。罗父指着土地，深情地说：这便是法国的财富。我的心头一亮，反向能看透国人的勤劳。望着有点干燥的葡萄藤，我问：为什么不浇水？罗父说：法国不允许浇水，我们的葡萄靠天收，因此有大年和小年之分。水少的季节称大年，出酒少，品质高，定价更高，正因为我们把好了人工水关，法国的酒才享誉全世界。我惊奇感叹：水之妙用不仅在于多，有时在于少。对老子来说，少为上，上善若水。我又窥见中法两国的某些共鸣处。得陇望蜀，我在"法"中继续探行。

法国以水土立邦，这个邦也有些讲究。法兰西的第一所大学、建于1253年的索邦也带个"邦"，联袂的汉字告诉我们，法国兴邦，依托文化教育。"索"表示探索，求新，创造。古人云："举国大索，奇景斐然。"法国在文化领域出类拔萃，就萃在不断的创新之上。以文学为例：影响世界的重要文学流派，绝大多数源于巴黎，如现实主义、象征派、自然主义、超现实主义、存在主义、新小说、新戏剧等。浪漫派发轫于德英，却灿烂在塞纳河两岸，雨果占了鳌头。到如今，"浪漫"二字已成为法兰西的标签，尽管法国人自己不以为然，经常唱反调。如此创新结了硕果，诺贝尔文学奖，法国得了十七次，全球排名第一。

在"浪漫"二字上，还需费些口舌，如此，更能深入了解法国文化，增强我们的民族自信。我与法国驻武汉总领事贵永华交往密切，堪称挚友。他是文学控，热恋武汉，酷爱巴黎。两人聚在一起，他常抱怨：都说法国浪漫，其实我们的仪器很精准，我们的空客天衣无缝，我们做学问极为严肃，出了巴特、福柯、德里达、列维－斯特劳斯、布尔迪厄等影响全球的大家。前不久，克里斯蒂娃以高精互文理论获得瑞典吉斯伯大奖，那是批评界的诺贝尔奖。大作家福楼拜以严谨取胜，他写艾玛服毒，还要尝一尝砒霜；左拉严格写实，入木三分，把现实主义推向新高度，启发影响了中国作家李劼人、池莉、刘震云等。我觉得，恍兮惚兮悠然见南山的中国更有浪漫的一面。我大开眼界，大赞总领事的独特见解，暖言安慰：大伙说你们浪漫是颂扬，把枯燥的日子活出那么多色彩，只有高卢人的后代做得到，经你一说，也该加上中华子孙。总领事开怀大笑，喝一口红葡萄酒，继续谈当代文学。近二三十年，流派奄奄一息，法国又鼓捣出微观主义。坐一回旧火车，品一口啤酒，剥一盘豌豆，在琐碎中津津乐道，寻找更多幸福，也称慢生活。与我们的休闲散文有些关联，底色里有禅宗和老子。

如同总领事，我怀天然爱国情，每每高谈法国文学，我会反观大唐，铿锵地对学生说：论法兰西文学之辉煌，切莫忘了自家的灿烂。公元881年，法国文学以《圣女欧拉丽赞歌》叫出第一声，已到我国的晚唐。中华的散文灿烂夺目，古体诗登峰造极。仅唐一朝，就出了1768个诗人，发表53000多首诗。王维高吟：大漠孤烟直，长河落日圆；李白应和：举杯邀明月，对影成三人；杜甫归总：会当凌绝顶，一览众山小。法国人还在琢磨：欧拉丽是身材好，还是心灵更美。谨举《圣女欧拉丽赞歌》的主体句：

善良少女欧拉丽／身体美／心灵更美／上帝的敌人／想征服她／让她为魔鬼服务／少女不搭理／"让她否定／高高在上的主"／无论使金，用银／还是赏首饰／无论高调威胁／还是低声恳求／都不能使她屈服／

因此，被带到马克面前 / 那时候，他是异教的王……因不折腰，欧拉丽失去贞洁 / 被投入大火，砍去了头颅。/ 她死后，鸽子飞向天空。/ 人群真诚祈祷，齐声赞美伟大圣女。

整首诗二十九句，五十八行，行文初朴，而且非原声，其灵感和题材都取自罗马诗人普鲁登修斯。我们在唐朝之前，还有曹操曹植、汉赋楚辞、诸子百家，耀于《诗经》，炫于《周易》。乌龟壳上，都刻满惊天动地的文字。中国文学特别受法国人崇敬，他们尤其喜爱我们的李白、王维、杜甫、苏东坡、鲁迅、老舍、莫言，崇拜老子与慧能。

翌日，罗贝尔又有公务，约定下午五点去他家。我连续奔波一周，有些疲劳，睡了一个大懒觉。午饭吃楼下中餐馆，我点一个宫保肉丁、一碗青菜蛋花汤，花去十八欧元，不算贵。依父亲之令，罗贝尔强行塞给我五百欧元的自理餐费。时至下午，我躺在床上看书，罗贝尔打来电话，说五点的会面改在巴黎圣母院后面的"水上"。我开心一笑：他一定又找到与老子相关的新资料了。再看一会儿书，我按时赴约。罗贝尔已为我点了拿铁，我戏谑：你开始有东方韵味了。罗贝尔笑答：我们在中国和法国一起喝了十多次咖啡，你一直点拿铁，从来没有变化过，我想，我帮你要一杯和你自己点是一个样的。

我抿一口棕色液体，单刀直入："关于老子，你又有什么新发现？"罗贝尔马上答道："我弄到了拉尔神父的一卷手稿，他给西方的道家信徒画了一幅像，很生动。"说完就清晰地念起来：

"一个人独自穿过城市，走过寺庙，走过宫殿。他平缓穿过都城的大门，走向田野。那儿，生命本朴自然，一轮太阳大旋转地之上，冬去春来，踩着牛马的步伐，大地不知厌倦地产出。那人穿着简朴，吃他能找到的食物，说出自内心的朴语。他不批评任何人，也不抱怨，不做什么大事。为农家打一点小工，得个温饱。他的话讲完，别人记不清他说了些什么，却会引起变化。——显出王子的虚荣，宫廷的浮华，商人的贪婪，礼仪的虚伪，演说的无益，学派的矛盾和对民众的压迫。这人不喜凯旋，不爱显摆。你想怎么说他，由你，他不当回事。他走自己的路，很高兴与众不同持有自己的道理。他便是道家，是老子的信徒。这位东方人，这个中国人，是我也是你，当社会的挟持松开，当精神休闲，远离凡念，当内心摆脱了欲望的困扰，我们都会成为道家的一员。那也是在墓地前思考的瓦莱里，不骄不傲，不轻蔑，成为自己的主人，也主宰天地。"

这一段话我读到过，在拉尔神父翻译

的《道德经》前言里。看罗贝尔朗诵得那么认真，我沉默不言。这沉默还有一层原因：对拉尔其人，我一无所知，想多获取些知识。罗贝尔详细解释：这个手稿是今天上午得到的，与成文有许多差异，让我看到了神父向道的内心历程。拉尔也是老子在巴黎的一个化身，继续研究一定会有新收获。我认识拉尔神父已有四十二年，听过他的课，往上追索，他是我走向《道德经》的第一引路人，我识得上千个汉字起始于神父在我十岁时教的"道"。拉尔译的老子著述我几乎背得出来。程抱一如此评价他的大作："拉尔神父的《道德经》译本简练生动，没有过度的学人造作，语调把握精准。所做的注解反映出当代人所面临、关注的基本问题。尤其需要指出的是，拉尔立足基督教，却没有把老子拉入耶稣怀抱，没有扭曲《道德经》，他更接近老子的智慧。堪称妙合。"

仿佛为了克制自己的激奋，罗贝尔连喝几口橙汁，缓慢地说："在后一篇手稿里，拉尔指出，基督教让你看见、听见、摸到生命的动词，拥抱道与德，与道家之间不存在对立，两者互通，犹如连通器。动词即道，生活乃德；读过神父的手稿，我获得一道奇光：老子、释迦牟尼、耶稣都是上帝的儿子，老子排行第一，耶稣最小，老子和耶稣关系更密切。"我高声称赞："天玄地黄，又是一个大发现。"

　　应我的要求，罗贝尔详细介绍拉尔。神父叫克洛德，与他父亲同名，1919年生于法国波城，在巴黎学了法律后进入耶稣会，1947年到中国，五年后被任命为上海天主教神父，委任书才到手，就被迫离开中国，去了菲律宾，再去日本。在越南，拉尔神父逗留九年，执教于西贡大学。1965年回巴黎，又读了个汉学博士，在法国高等研究学校当教授。1971年，他建立了巴黎利玛窦学院，作为骨干成员参加《利氏汉法大辞典》的编撰。该辞典收汉字一万三千个，共有词条三十万，是当时全世界最完整的汉法辞典。神父故于2001年12月14日，享年八十二岁。他的汉学既具有哲学和语言学的维度，又注重结合实际解读中国文化。末尾罗贝尔补充一句："你参观水园时，我曾经提到过一个高人，这个高人就是拉尔神父。他在牛角旁边坐了两小时。我问为什么不能多说牛角，他笑一笑，没让我瞧出端倪。"我却想到视力减弱、折寿等中国民间言论，又觉着不吉，所以没有说出口。

话说得太多，都有点累了，我们闭口养神，静观巴黎圣母院的塔尖。凉风习习，天空湛蓝，一架白色客机高高飞过来，尾后留下一条长长的白色航迹，飞过圣母院塔尖的小圆圈后，客机不见了，航迹也断了。我惊叫起来：飞机出事了。罗贝尔笑说：不是事故，是神迹。新纪元第一天，就发现这个奇特现象。如果坠落，肉眼会看到下落的机体，如果爆炸，会发出声响。刚才什么都没有。专家们研究了四五年，也没找到答案。

我打断他的话：看，看，又来了一架客机，也拖了航迹，估计是空客，它的头比波音粗，且短，只是方位不太一样。罗贝尔建议：你换个位置，让飞机钻进塔尖小圆框。我依言而行，视觉结果与第一架一模一样。进了那个圈，白白的机身就没了，航迹中断。我连连感慨：九连墩奥妙，圣母院神迹。快吃饭时，罗贝尔又说：我觉得这个奇异天景可能与曾经住在这儿的老子有关，万物生于有，有生于无，无是一个更大的存在。老天在演绎《道德经》。

五、交流

在意大利广场影院，我和罗贝尔看了一场中国电影，片名忘了，只记得个轮廓：有个盲人喜欢唱歌，几个朋友借用一个旧车间，给他搭个舞台，说是剧场，还找来一帮人拍巴掌，最后还是穿了帮。不知谁导的，除赵本山，其他演员都不熟。是罗贝尔选的片，我陪他看。总体上，我感觉一般，或一般稍稍偏上。电影院里，几乎满员，除了我，都是法国人。罗贝尔全神贯注，专注全程。看完后，我们并排往外走，我轻声问怎么样。他低头惘闻，似一路踏云踩雾，沉默得有点酷。我暗自想，对这部电影的评价他一定比我还低，怕刺激我，在找得体的负面词句。来到广场中心，罗贝尔四下望望，如火山爆发，高声称赞：拍得好，拍得真好，没想到中国人能拍出这么好的片子。

我终于舒了一口气，产生了民族自豪感。再谈一小阵，两人各想各的心事。我至今在法国已经旅居七年：1985—1986年进修于巴黎三大，1989—1995年在巴黎第八大学读博士。十分荣幸，我见证了中国文化崛起的几个节点。1991年，张艺谋拍《大红灯笼高高挂》，轰动欧洲，获威尼斯电影节大奖。我去过颁奖现场，在明星走过的红地毯上踩了几脚。1993年上映的《活着》风靡巴黎，为树立光辉的中国形象，张艺谋立下了功劳，而且带红了余华，弘扬了中国当代文学。那几年，在蓬皮杜文化中心等场所经常听得到中国作家的讲座。我给池莉、毕飞宇当过翻译，他们的表现绝对世界一流。改革开放三十来年，法国出版了三百八十六部中国当代文学作品，几乎所有的名家名著都译成了法语。我留法的七年，《文学半月》《读书》等重要期刊出了三期中国当代文学专号。以上三项都史无前例。走在巴黎街头，我们的头越抬越高，神态越来越中华。

行至广场右边的蓝伞之下，罗贝尔突然吟起李白的诗：举杯邀明月，对影成三人。正要问，他亮出底牌：今晚我邀请了克莱尔，我们三人聚一餐，意下如何？我立刻回答：经常听你提起她，见本尊，我很荣幸。

蓝天还大亮，却已八点半，中餐馆开在广场附近，我们慢慢踱过去，见头藏尾谈几句克莱尔。我记住了三句话：克莱尔在巴黎路易大帝高中教语文，中学教师资格会考法国文学她名列第二，在著名的《新法兰西杂志》上，她发表了十首诗歌。

此地属于十三区，也叫中国城。法

国人忌十三，耶稣与十二个弟子吃了最后一顿饭，第二天被捕，最后被钉在十字架上。十三由此成为凶数。在中国的佛教中，十三却是个吉祥数，而且高贵，代表功德圆满，《周易》的十三卦可表大吉大利。法国人躲避的十三区成了中国人的乐园。就文化交流模式而言，这叫逆向互惠，各得其所。

九点刚到，克莱尔款款走来，但见她一米七的个儿，胸部凸显，风姿绰约，很有女人味。她年约三十，看上去比罗贝尔小一大截。我暗忖：罗贝尔挺有眼光的。寒暄几句，立马用"你"称呼。克莱尔颇内敛，柔中带刚，城府明显深于罗贝尔。我们主要评议她写的一首诗《有些被心撕碎的时刻》。我的中心观点是：诗中重复了三次的复调"而我，倾覆在黄昏里／我滑，你跑，我飞，我在你怀里吼叫"发挥了重要作用。复调经营好了，如虎添翼，会驮着诗体到处飞。这方面的经典当推阿波利奈尔的《米拉波桥》。可以说，这是法国第一诗，全文如下：

塞纳河在米拉波桥下扬波
我们的爱情
应当追忆么
在痛苦的后面往往来了欢乐

让黑夜降临，让钟声吟诵
时光消逝了，我没有移动

我们就这样手拉着手脸对着脸
在我们胳臂的桥梁
底下永恒的视线
追随着困倦的波澜

让黑夜降临，让钟声吟诵

时光消逝了，我没有移动

爱情消逝了像一江流逝的春水
爱情消逝了
生命多么迂回
希望又是多么雄伟

让黑夜降临，让钟声吟诵
时光消逝了，我没有移动

过去一天又过去一周
不论是时间还是爱情
过去了就不再回头
塞纳河在米拉波桥下奔流

让黑夜降临，让钟声吟诵
时光消逝了，我没有移动

（闻家驷译）

复调"让黑夜降临,让钟声吟诵／时光消逝了,我没有移动"诗情浓烈,意象恒秀,除了首句,它最上口,广泛被例举,多方化用,已成金句,自身又隐含东西与共的某些奥妙。这一复调用了四次,暗示诗人与画家玛丽的爱情终结。中国成语说,事不过三,到四则得其反。四谐音死,我签字绝不落14日。1在汉语里可读作"要",14谐"要死"。埃及狮身人面像有个谜语:早上四条腿走路,中午两条腿走路,晚上三条腿走路,谜底为人的一生。一如秋后的雪,诗人说,大地盖了一层裹尸布。在法国最早的爱情小说《特利斯当与伊瑟》里,主角死去后,作者写道:伊瑟不顾一切地亲吻特利斯当的口,一连吻了四下。她扑在男主角的遗体上也断了气。前段我全文引出阿波利奈尔的名诗,想道明两层用意:以大诗人为参照,更能客观看出罗贝尔和克莱尔诗作的高低;在文化交流中,熟练背出一首标杆诗可以敲开一国之心门。电脑网络智能手机发达后，背诵更是文科的基本功。我总要求我的硕博士至少背诵十首法国名诗，那是他们走向辉煌的第一个跳板。某一瞬我隐隐觉得，在阿波利奈尔的名诗里，或许还隐藏了别的什么。

顺沿我的评点，罗贝尔高兴地说：克莱尔的复调只用了三次，表明爱情还活着。克莱尔更正：这是三年前的小品，我在酝酿新复调。罗贝尔眼中一暗，喝几口红酒，仿佛在拨亮某一团残火。只可惜，酒为液体，只能灭火。克莱尔微笑不语，又坐近罗贝尔，拿头靠靠他的肩，摸摸他的手。多待一会儿，我觉出两人之间隔了一层什么，具体的，一时道不清。还有一个负面信号：每每出现敏感词句，克莱尔都巧妙岔过。饭局接近尾声，罗贝尔用筷子夹起一块绿片儿，戚戚说，世间蔬菜千万种，姹紫嫣红，我像一条绿苦瓜。克莱尔不语。

我不便细问，却可腾个场。点咖啡时，我强作遗憾说：对不起，我突然记起，今晚十点半有个朋友要来看我，我得先走一步。而后，我用几分钟的时间认真告别（与法国人交往，这个环节不可草率，没话也得找几句）。我对克莱尔一字一句说：罗贝尔经常提到你，赞不绝口，今日一见，果然名不虚传，很希望下次在中国能见到你们两位，到时候，我们在黄鹤楼顶上畅谈中法诗歌。美女起身微笑，与我贴面，随口恭维我几句。罗贝尔提醒，别忘了，明晚九点见米歇尔。我点头应答，转身离去。高空微蓝，残阳如血，某条苦瓜久久挂在我的心头。

弹指一挥，我在巴黎逗留了十二天，三天后回国。吃过早餐，我来到巴黎最大的吉贝尔书店，我想获取中国当代文学在法国翻译传播的第一手资料。书店共四层，我上蹿下跳，一层层跑，最后在电脑上确认，糅合了感性与理性。相关作品我找到一百一十七种，选了伽利玛、瑟伊和 Actes Sud 三家最好的法国出版社的版本，期限为 1980 至 2005 年。伽利玛出版社出过老舍的《北京人》《离婚》《正红旗下》，残雪的《天堂里的对话》，刘宾雁的《红色官员的噩梦》，冯骥才的《感谢生活》，鲁迅的《中国小说简史》，钱锺书的《人·兽·鬼》，韩少功的《山上的声音》，史铁生的《宿命》；瑟伊出的有：戴厚英的《人啊，人》，冯骥才的《普通人》，虹影的《背叛之夏》《饥饿的女儿》《英国情人》，莫言的《酒国》《师傅越来越幽默》《十三步》，陆文夫的《人之窝》；Actes Sud 出的有：张辛欣的《在同一地平线上》《疯狂的君子兰》《在路上》，马建的《亮出你的舌苔，空空荡荡》，莫言的《红高粱家族》，扎西达娃的《风马之耀》，马德升的《接受死神采访前的二十四小时》，池莉的《烦恼人生》《云破处》《你以为你是谁》《预谋杀人》《太阳出世》，余华的《许三观卖血记》《古典爱情》《在细雨中呼喊》，王文兴的《家宝》，张泽忠的《山乡笔记》，九丹的《乌鸦》。一共三十七本。

贾平凹的对外传播成就一度最高，《废都》获得费米娜外国文学奖。莫言、余华、池莉、冯骥才、苏童、毕飞宇等拥有十来个法译本。也有两个小小的遗憾，重要出版社出的中国文学不到整体的三分之一，很多书出自皮基耶出版社和中国蓝出版社。头一家以出版中国文学为特色，后一家专出中国文学，影响力远远低于伽利玛、瑟伊和 Actes Sud。口袋本，我们只有七部，不及总数的百分之六。口袋本是一种普及型的再版图书，读者达不到一定数量，你进不了那个口袋。但我坚信，只要继续改革开放，我们的当代文学很快会显耀巴黎，灿烂全世界。

中午吃完便餐，我又回书店。不知不觉，我田野探究了六七个小时。我始终认为，不了解自家的文学宝库，难以教好法国文学。更何况，我带的硕博好几个对比研究中法现当代作家。为自己的兴趣，我又逛了几圈，买几本法语小说，离开了吉贝尔书店。沿着学校路，我走向巴黎七大，我想看看二十年前我第一次留法的住所。一路众多世界名胜。右方雄立索邦大学，旁边是路易大帝高中。再往前，掩映着真人大小的伏尔泰铜像，精美的基座生动彰显人类文明的光辉；左边通达塞纳河，车水马龙，花朵鲜亮，绿树草坪妙合古楼和络绎不绝的行人。空中飘动朵朵白云，片隔蓝天，含情象征世相，脉脉演绎人心。巴黎，天人合一。我认为，法兰西的特别之处，首先流自塞纳河，其次来于天空，铁塔赋予它非凡骨感，品质来自古楼和壮美的教堂。

抵达昔日的卡门公寓，我停步观瞻，脑中跃出一个人物，叫罗兰·巴特，暗淡的天空撩起缕缕思绪。那是一个星期六，我安顿完毕，出公寓向左溜达三百来米，碰见一位女导游在给一群外省游客讲解景点，我加入其中，听到一系列灰暗事故：1980年2月25日，著名学者罗兰·巴特离开文化部部长雅克·朗为未来总统密特朗举办的家宴，临近下午四点，他从蓬皮杜艺术中心方向走来，经过巴黎圣母院前的石桥，抵达学校路，随人行道向右走一截。他要回法国最高讲学机构法兰西学院，解决一个授课技术问题：翌日讲普鲁斯特和摄影，他需要一部投影仪。路拐角停了一辆比利时牌照的小卡车，视线被部分挡住。巴特准备过街，小卡车快速冲来，"嘭"的一声，巴特被撞倒，失去知觉。

司机赶紧刹车，几人打电话，救护车

赶到，警察也来了。从伤者身上没有找到证件，只搜出一张法兰西学院的门卡。恰好走来一个文人，认出罗兰·巴特。这人传说是福柯，实际是索邦大学的莫兹教授，巴特多年的好友。伤者被火速运到巴黎七大背后的慈怜医院，弟弟米歇尔立马赶到。巴特受到巨大震荡，多处骨折。人却清醒，说话连贯。弟弟坐一会儿，放心回了家。巴特得过肺病，随后引起并发症，时好时坏，拖了一个月，没能逃脱死神的魔掌。1980年3月26日，巴特撒手人寰，终年六十五岁。法国广播台宣称：法兰西失去了二十世纪最伟大的语言学家。

我孤陋寡闻，在国内没有听说巴特的名字，特别好奇，跟随导游，我听了半个多小时。那年头三个月，法方房源紧张，我与一泰国学生共住一间，他早来九个月，透熟四周，我回到房里，他介绍开来：我们窗前三百米隐落密特朗的私宅，再走三百米，临近巴黎圣母院。那天的家宴本来在密特朗私宅举办，未来的文化部部长雅克·朗多请了几个文化名人，嫌屋太小，在蓬皮杜文化中心附近借了个大套间。密特朗将竞选总统，定期与文人聚餐，以扩大自己的影响力。

我穿梭时空设想：那天若在密特朗自家设宴，错过那个点，巴特或许能躲过一劫。同屋却说，一切都是命，节点不由人，而后补充：巴特出事前，右边开了一个咖啡馆，名叫"学者屋"，在那儿你或许能淘到新宝。随后我又发现，公寓的女经理也是巴特迷，在迎客间里，她摆了六七本巴特的著作。那日得空，我取出《符号帝国》，读几行立刻被吸引，选译如下："满满一桌菜，你伸出筷子常常无定数，须指一指，游一游，再落定某一盘，那里有东方的随意。拿木筷拈嫩豆腐，力大了只能碎食，劲小夹不起，松紧之间，含了中庸之道。相比之下我们的刀叉更具侵略性，它又切耙捣碎，明目破坏，张胆蛮野，动作机械而单调。"

女经理已觉出我的兴奋，及时提议：巴特才走四五年，在这一带留了些气息，有空去一去"学者屋"，那儿曾是巴特常去的咖啡馆，老板酷爱文学，与巴特厚交，知道许多可贵细节，可以加深你对符号学的认识。我非常想去，却没有立刻成行，原因说出来挺丢人的，我舍不得花那三四个法郎。那时四法郎够我在国内吃五顿肉。每回领到奖学金我都自诚：可节便节，能省就省，天上一日，地上一年。

两个月后我找到一份报酬不薄的周末工——推销香水。某一日我运气上佳，得了两百法郎奖励。我又自语：意外之财额外花，留出四分之一，专项喝咖啡。翌日十点整，我走进"学者屋"，坦然面对奢华。问起巴特，聊几句，立马吸引老板的注意力。我读了巴特两本书，有些见解。老板惊叹：没想到，中国人里也有巴特迷，下周一比较闲，你若有空，三点来，我们在此详谈巴特。我一个劲地点头。

回去后，我认真阅读《巴特说巴特》。那是巴特写的一部自传，用的是第三人称，由片段组成，许多段落才三四行，突出读书心得与碎片思考。开头是四十多张实景实人照，解说空灵隽永，诗意盎然。后附一则简要生平，如纲，译成中文千余字，主打名词句，只写到 1962 年，末尾在括号里归纳："他的一生：学习，疾病，任命。其余呢？诸多的会见、友谊、爱情、旅游、阅读、欢乐、害怕，还有复数的信仰、享受、幸福、愤怒、悲伤，一句话，都是文本反响，而非著作。"当时我便认为，这是地球上写得最独特的自传，没有之一。罗贝尔也持这个观点。

那个下午，"学者屋"没营业，偌大的

店堂，只有老板一人。桌上备了三种糕点，招待很隆重。我有备而来，呈送一套艺术剪纸。老板打开，眉飞色舞，当即贴出一幅，赞不绝口，又倒两杯香槟，娓娓开讲：巴特出事那一刻，恰好我看见。他穿一件浅黄色外套，埋着头直往前冲，有一点像寻短见。人行道应该是红灯。被撞后，他在路上滚了一圈。司机守在一旁连连说，是他冲上来的，是他冲上来的，我刹不住。我立刻回店打电话。刚开始我没有想到是巴特。多人出面作证，当局没有追究司机的刑事责任。

我紧锣追问：说巴特自杀有什么根据？老板答：根据谈不上，却有三大可能性。第一，五年前母亲去世对他打击太大，就在你身后的桌子旁，他曾三次说，最亲的人走了，天昏地暗，不想久待了，不想留了；第二，在法国的最高讲坛，他开了一门课，叫"小说的准备"，越讲人越少。

许多听众说，他啥都讲，比如摄影、时尚、暗房、微笑、红酒、邮票、母亲，就是不讲写小说该准备些什么。我插话说：虽为学者，巴特一直想写一部好小说，想法太多，一筹莫展。《恋人絮语》是个可贵尝试。好友杜拉斯却在读书节目上骂了他几句，说他满脑子条条框框，没有真爱，压根不知道什么是纯写作。巴特听后对自己产生怀疑，出现了某种危机。老板说：是这么回事，巴特长于片段写作，优于鳞闪，同时又看到，传世杰作都有一定的连贯性，简单地说，好小说要有故事。

也许话题太深奥，老板不时停下，喝几口香槟，理理头绪，继续说：故事太连贯，又会封闭文本。喊出"作者之死"，是巴特对文学做出的一大贡献，依其之见，语言包罗万象，体系强大，作者只是其中的小小演员。写作时，往往是语言在主笔。一旦发表，作品的解读权威是读者，我们无需一味追寻作者的意图。应该让文本说话，文学的深层价值见仁见智。我溯源解说：作家之死也得益于东方艺术精神，在日本俳句中，巴特发现以少胜多的智慧，体会到少着一字多得风流的魅力。此乃中华艺术观的精华。具体说，巴特的零度写作获益于我国艺术的留白手法。取老子的说法，叫作为道日损，损而又损，以至无为，无为而无所不为。那是空谷的丰厚回音。

老板欢叫：此刻中法交合，波光粼粼，美景多多。巴特立足西方的写实，片段写得精彩。老板翻开《巴特说巴特》，朗朗开读："B 先生是个小老头，教高一 A 班，爱国，信奉社会主义。年初，他站在黑板前，庄重统计为国捐躯的英烈。黑板上列出的都是舅叔堂表兄之类的，只有我一人说的是父亲，有点局促，那是一个极端的印记。黑板擦去，悲哀消失，却实存于我的生活之中，现实的痛苦常常沉寂。"话音落了，意未尽，老板又翻到开头，朗读第一小节："他写的东西，分两个类型。文本 I 消极，或称反作用，充满愤怒、恐惧、反击、妄想、自卫、争吵。文本 II 积极，以快乐为主导。为了应从某种风格，写着改着，文本 I 变积极，失去了反作用，消极只得零星存活（限于某些括号里）。"这一段可谓全书的纲领，行文独特，常读常新。巴特常用括弧，而且用出了新景观。我热烈鼓掌，真诚叫好。

老板再喝一口酒，歇息片刻，说起巴特自杀的第三条可能理由：现在都已知晓，巴特是同性恋，他相貌堂堂，风度翩翩，在情场上，却挫折多于欢畅。他爱的，难得到，得到的，往往不持久。好多围着他转的小伙子只想弄他几个钱。巴特常带伴侣来我这喝咖啡，是驴是马，我一眼看得出。而他每一次都很真诚，受了骗还真诚。对他打击最大的是记者兼作家的吉贝尔，此君比巴特小四十岁，也恋同性，与福柯同志多年。小伙子想在某刊发一篇文章，巴特答应帮忙，却附一个条件，文章刊出后，两人睡一觉。吉贝尔嫌他太老，没答应。巴特看出自己的卑微，再受重创，或许是致命一击。出事前一周，他苦苦对我说：弗洛伊德的原动力在我这儿熄了火。巴特去世后，有两位学生写道，巴特从蓬皮杜艺术中心附近回法兰西学院走的新桥，临近圣母院。在巴黎最古老的桥上，巴特向水停下，站立许久。我们趴在一旁的栏杆上。巴特上大课，常常是学生认识他，他不认识学生。望着一去不复返的水，巴特低吟起来：Sous le pont Mirabeau coule la Seine et il disparait.（米拉波桥下流淌着塞纳河，他消失。）用《论语》的语言来翻译，就是逝者如斯夫。逝表死亡。我们正要去打招呼，巴特转身走了，没想到，这一转身便是诀别。灰暗的感慨太多，我缄默一阵，连喝几口"依云"，没能淡化心头的苦味。

最后谈到中国。1974 年，巴特与克里斯蒂娃等四人应邀来到北京，团友情动心欢，面对乱坠，满眼天花。巴特冷眼旁观，独自思考，看出了萧杀。他在日记中写道："七八亿人，衣着呈灰、蓝、绿三色，或者黑。从北京坐火车到湖南，一路的油菜花，除了油菜花，还是油菜花。官员们只会说两句话：中法友谊万岁，'文化大革命'好。"那日登上万里长城，大伙高唱赞歌，巴特却道，这也是自我封闭的象征。我应时补充：我们已改革开放，国家日益健康，生活走向美好。老板兴奋收尾：这样好，这样好，从中国回来，巴特在我这坐了两小时，反复说，哪能荒芜？文明是地球的主旋律，灿烂的中华应该扬出更绚烂的当今符号。

读了巴特的五六本书，思考许久，我似乎也得到第三只眼，在平凡境况中我常能发现别样的所指。比如说，花朵是植物的生殖器，当一个男孩送一枝红玫瑰给某个女孩，在他表达的爱意里已含有性诉求，尽管这种诉求隐藏于某种集体无意识中，却旁证了弗洛伊德"性乃人类发展第一动力"的论断。再比如，每到七、八月，塞纳河某一段的两岸会铺上黄沙，做成临时沙滩，去不了海边的巴黎居民可以在那儿共同戏乐。从这一举措中，我看到法国从极端个人主义走向温暖集体生活的文化用心。集体与个体乃人类文化差异的主干，社会要健康进步，就要与时俱进，根据本身特点不断调节两者的占比。

化悲痛为力量，学校路一带后来成了我的福地，在此我有幸拜见法国十几位名家，譬如贝尔纳·皮沃，在法国电视二台他每周一期，主持了十五年名为 *Apostrophes*

的读书节目,家喻户晓,誉满全球,后来当了龚古尔奖评委会主席。由他认可,我做了龚古尔奖中国评选组委会主席。十五年间皮沃采访互动了一百六十七位作家和二百一十一位学者,堪称法国当代文学的活词典。见面时他送我三本随笔,我一字一句读,了解法国当代文坛的翔实内幕。会见著名作家维勒贝克,恰好在"学者屋",他说的一句话我牢牢记在心头:写作的关键,是产出最好的自己。两天前离开"水上"咖啡馆,我与罗贝尔来到"学者屋"旁边的三圣餐馆,正好坐在程抱一左边,此刻他已当选法兰西学院院士,夫人和女儿也来了。我们见过两面,立刻亲如一家人。谈得最多的是老子对法国诗人米修的影响。程院士与米修交往几十年,我以米修为选题做博士论文得益于他写会见米修的一篇文章。我做博士论文,程院士给了大力指导。分手后,罗贝尔又对程抱一做了精辟评价：论知识渊博，程抱一不如格拉奈（Granet），论学术创新，他不如自己的女儿安娜，但他却是中法文化交流的一个重要摆渡人，他用几个词能巧妙沟通两种文化，在小说创作上，他能走得更远。罗贝尔的确有眼光。几年后，程抱一出版小说《天一言》，轰动法国，获得了费米娜文学奖。

在"学者屋"里，我还见了六七位法国绿草作家，都是些特立独行前途远大的中青年写手。从自身的虚荣心中，我总结出一套吸引对方的秘诀，一用一个准，接近真谛。会见某作家之前，我读一读他的代表作，记住开头和结尾，再背诵几条名言名句。交谈之初，我们天南地北海阔天空。在某个节点，我突然沉默，静静看着对方，轻声问：你某某小说的开头，你还记得吗？十有八九，对方只记得一个大概。比如，对方写了塞纳河的左岸，我便一字一句背出来："向左斜插走二百来米，我见到亚历山大，他在吉贝尔书店门口选一欧元一本的小说，手边堆了四五本。"对方惊讶地看着我，我又缓缓背出他小说的结尾，附加二三金句。作家激动万分，常常来个熊抱，一瞬之间，我们成为至交好友。不出一周，他会请我喝咖啡，或去他家与他的朋友小聚畅谈，塞纳河上漂动着更多绚烂的友谊小船儿。

此秘诀的源头有些意趣。那一年我招收博士，有五个候选人，我只能取一个。面试时我问：近来你读了哪些书？候选乙答：您的《一凡教授》，我读了三遍。我追问：能背诵几句吗？考生立马背出开头，又背中间几段。这些我自己都背不出来。我表面平静，心下决定：候选乙我招定了。

在友丰书店旁的法国餐馆，我终于见到米歇尔，他也是一个高修养、仗义疏财的角色。晚宴他买单，点一瓶年份酒，比我和罗贝尔要的套餐贵五倍，我只能装模作样认真地喝，不时夸奖两句。米歇尔一张嘴就镇住了我："三天前，在布鲁塞尔的繁星酒店，我读完了普鲁斯特的七卷本《追忆似水年华》，一字不漏读的。"这是一个重要信息。在喜爱阅读的法兰西，《追忆似水年华》有如勃朗峰，人人羡慕，个个畏惧，登顶者（读完七卷本）寥寥无几，2000 年的统计是七百零五人。其中有罗贝尔和我在巴黎七大指导的一个博士。问到自己，我如实回答：我只读了第一卷《在斯旺家那边》，外加别处的六七章。我反问：你读过《红楼梦》吗？米歇尔答：读过，罗贝尔反复推荐的，实话实说，我不太喜欢。问其故，米歇尔坦言：我一直没搞清楚谁是谁的谁。我笑了，没有往下问。罗贝尔插话：五年前我去武汉推书，顺便做了个调查，好多人不知普鲁斯特，法语系的学生常说普鲁斯特把简单的事情搞复杂了，最长的一个句子有四页零三行。我们则认为普鲁斯特突破了书写记忆意识的极限，开创了书写新维度，那种微妙可以启发不同的作家，不断提供灵感。

米歇尔一连喝了几口酒，愈加兴奋，透露她新近的一大收获："我想创立一个流派，叫极简诗。读过最复杂的《追忆似水年华》，再写简单的，我更顺手，更加从容，宛若一人绑着沙袋跑步，去了沙袋后跑起来更轻快，有时如飞。且听我前天写的一首小诗：风吹过，还有风，我的头上，挂着一顶红灯笼，黑夜吞不了我的光。"罗贝尔竖起大拇指，我仔细评述：你吸取了普雷维尔的简约之美，背靠禅坛，吸取日本俳句的意韵，让自己的诗显得很独特。米歇尔几乎叫起来："你火眼金睛，金睛火眼，难怪罗贝尔经常夸赞你。《六祖坛经》我读了许多遍，铃木大拙论禅的书我全买了，许多章节看了三四遍，我酷爱日本俳句，最喜欢芭蕉的青蛙。随即动情吟诵日本第一诗人芭蕉的《古池》："Mare ancienne, une grenouille saute dedans, bruit de l'eau retentissant."接着，她温柔地说："这简单的一句诗，在法语里，有十几种译法，可见它含义之丰富，直译为：古池塘，青蛙跳入，水声响。古池意味着寂静古老的过去，青蛙跳出一瞬'此刻'，仿佛说了个不，又等同是，那一瞬激活了时间，而后渐次消隐；套用中国禅师的话说，见蛙不是蛙，见水还是水；芭蕉写了六祖的顿悟，高扬了老子'致虚极，守静笃，万物并作'的大智慧。拉开了说，优秀的俳句都有禅意，如正冈子规的'茶楼酒馆无踪迹，唯见娇艳花一枝'。小林一茶吟'婆娑红尘苦，樱花自绽放'。"罗贝尔欣然补充："芭蕉长年修禅，从属临济宗，写这首俳句之前，他接待了来访的佛顶禅师。佛顶问：'最近如何度日？'芭蕉答：'雨过青苔湿。'佛顶又问：'青苔未生之时，佛法如何？'芭蕉曰：'青蛙跳入水里的声音。'可以说，《古池》是一句日式杰出公案，连接永恒，显出日本文学新景象，着实伟大。"

米歇尔接过话头："在《符号帝国》里，罗兰·巴特如此评说：'一声水响把芭蕉引入禅宗的真理，东方称为悟，法语叫 illumination。也让我们看清了俳句的本质，那就是，终止语言，少着文字，多得风流，打破西方不停描写象征暗喻论证的习性和链条，用一景一画一闪突显人性物本，把我们从逻辑概念的种种桎梏中解放出来，见性成佛。俳句凸显了东方艺术精神的精华。'"

我一字一句听入，真诚赞颂：妙妙妙！实在高妙。舌头却有点卷。米歇尔看着我，惊叫起来：你的脸怎么这样红。我才觉出，我的心脏也在狂跳，我坦言：酒喝的，平日里我滴酒不沾，今儿听你们妙语连珠，我不知不觉下去了一整杯。说完我趴在了桌子上。罗贝尔急说：已到尾声，快快买单，我们送教授回宾馆。

结过账，两人扶着我往索邦大学方向走去，十来分钟就到了。晚风一吹，我好了一大半，两人执意送我到房里，看我安稳躺下才离去。入睡前，我接到郁金香从加拿大打来的电话，虽然过了浓恋纯爱阶段，我的心头还是跳了几下。

第二天再去独体屋，罗贝尔在电脑前写作，开了门让我自取饮料，然后迅回键盘前继续敲打。我拉开一罐可乐，他头也不回，说：今早又写了两页，改了一稿，你听一听？我说快读，立刻响起纯正巴黎口音：星星一个个淡灭，太阳即将升起，朱棣走入雍和宫的后院，视野异常开阔，他喃喃自语：比石头城大气得多，这一步我走成功了，以后会越来越好，父皇的伟业，一定会在北平光大。对那个没找到尸首的败类也大意不得，必要时去海外找一找。于是郑和率领庞大的船队下了西洋，成员中有九个大内高手……

我认真地听，觉出一妙：同样的中国故事用法语写出来，会少点什么，在另一维度，又会多些什么，或者照亮某个面，阐明某个点。这·段原文，罗贝尔用了七个带"探"的动词，如探寻、探查、探问、探究、探子等，巧妙揭示朱棣虚弱的内心，显示某种江山意识。讨论半小时，罗贝尔关掉电脑，轻声说：写作在支撑着我。他说得有点突兀，我不知如何接应。他喝一口咖啡，庄重宣告：上次去武汉，湖北省博物馆专门优待我，我很感动，我想请你帮我做一件事。说着，他从博古架上拿来早已准备的一幅轴画，开盒，去掉防潮套，摆在桌上，徐徐展开，露出一条苦瓜，带三片绿叶，附两朵小黄花，空灵隽永，生机盎然，落款大涤子，印中刻着"苦瓜和尚"几个字。我惊叫：这是石涛的画哎，可是真品？罗贝尔瞟我一眼，掷地有声：袁世凯的私藏，百分之百真。上源暂时不谈，中途过了大作家谢阁兰的手，非同一般。我急催：有趣有趣，说说细节。

罗贝尔又喝一口咖啡，详细解说：我的祖爷和谢阁兰交往几十年，关系密切。谢阁兰在中国待了九年，几次大考古都是我祖爷资助。1912年袁克定骑马摔伤，并发肺疾，谢阁兰受命前往，在袁府住了半年，把病治好，救了袁克定一命。走时，袁世凯送了这幅画，可以想见，袁总统很重情，小处见大，一味骂他是不客观的。回国以后，谢阁兰将此画赠给我祖爷，祖爷传给我爷爷，最后落到我手里。那年的历史师资会考，我得了全法国第二名。

我观摩许久，心惊肉跳，坚信是国宝。罗贝尔淡淡地说："这幅《苦瓜图》，我准备捐给湖北省博物馆。据我考证，石涛登过黄鹤楼，此画很可能是他在武昌作的。让珍宝回家是古玩收藏的最高境界。你知道的，我家里不缺钱。"

忠心爱国的我使劲鼓掌，罗贝尔又说："你爱《道德经》，有一件小礼品，我要送给你。"说着，他走向地下室，"当啷"响一阵，取来一个瓷盘，说："这是元代的青花瓷，有些来历，细节我不清楚。这些年为我出书讲学，你出了宏大力气，送你个盘聊表谢意。"

我连连揖手，声声感激。细下观读，盘底部画老子骑一头牛，向西走，下方印出两个大字"道经"，并一堆竹简，还有个扎小辫的书童。我不懂瓷器，应过礼，没太上心，只当是有些年头的盘子。罗贝尔又喝几口水，沉默片刻，庄严提议：你明天回国，干脆把两样文物都带回去。我两眼大睁，庄严推拒：这等珍品，外人带太轻慢，石涛的画必须有个交接仪式，下个月，你要去江大讲学，自己一并带，我去机场接你。

罗贝尔顿了好一会儿，然后才轻声说，好吧。又嘀咕，都是命，都是命。我没细问其中含义，顺口提议：你给苦瓜拍个照，我拿回去，先到博物馆联系一下，做个铺垫，顺便推一推你的书。罗贝尔急说："这个主意好，这个主意好，我在书里常提石涛，照不用拍，我的藏品都有相片，一品好几张，你拿两套；青花瓷的照片也带两张，有机会，请中国专家瞧一瞧，背后可能有宏大故事。"每次提到他的书，罗贝尔都生龙活虎，脸上绽玫瑰，一瞬年轻十岁。那一刻，我部分理解了"写作在支撑我"的含义。

接下来，我借花献佛，拿出罗父给我的餐费，花了二百欧元买了一瓶上好香槟。罗贝尔抱怨：中国还没有完全富裕，哪能这般消费。我笑曰：羊毛出在羊身上，代我感谢你父亲，希望我能早一天在武汉接待两位老人。罗贝尔又去切些香肠，拿出果仁饼干。我俩合力开了香槟，我只喝一点点。他开玩笑说：美酒与你一起喝，真好。他很细心，给我买了一大包奶酪，真空包装，还送给我母亲一件夏奈尔纯羊毛披衫。饭后喝咖啡，他吞了两片药，轻声说：这兰释我服用两年了，治抑郁症的。我不由自主往地上摸了几下。

　　分别难舍，长话我尽量简短地说。翌日三点，罗贝尔开车把我送到戴高乐机场，办完手续，我们热烈拥抱。见他消失在离去的人群里，我转头入关，过了安检，半躺在候机厅休息，心头空空如也。想到一个月后再见，我又充实起来。飞机晚上六点起飞，直达武汉，登机前却接到通知，因机械故障，航班延迟一天。我脑袋里"嗡"的一声。本来，飞机应于明早五点到达武汉天河机场，出关回家通常在上午九点前，睡个午觉，下午三点我要参加一个公益活动，是学院书记安排的，地点在湖北英山，离武汉二百多公里。我们要给一所山乡中学送三台电视六百本书。那儿风景独特，我很想去看一眼。此刻却只能通知变故。我用手机发了短信，书记立刻回复：天有不测，随遇而安，院长保重。

我敏感于文字，看到"不测"，心头一顿，赶紧合十，躬身拜天，虔诚祈祷：飞机好好飞，祝我们平安。宇宙浩渺，地球神秘，我越来越敬畏那双无形的手。也有一点小遗憾，我该同时拜一拜地，提一提山路运行的大巴。我们被拉到附近的诺富特豪华酒店。我没给罗贝尔打电话，随身带了几本法文小说，一天不觉长。翌日的飞行又晚几小时，登上空客却很舒展，看会儿书，观部片，躺直睡一觉，吃两顿饭，十一个小时溜走了。待我拉开左侧舷窗挡板，故乡已出现在我的下方。我找了一小会儿，就看到了黄陂的木兰山，离罗贝尔写的长堰竹林寺才十多里。那个小庙毁了六十年，七彩光还亮在我的记忆里，即便雾霾常有，即使黑影浓厚。

六、只剩两张照片

回到家里，天已黄昏，窗外草木丰茂，珞珈山更亲切，却比巴黎热许多，空气比较浑浊。出国才两周，宛若离去六七年，在塞纳河两岸，我经历了太多太多，都事关重大，某些景观变了。母亲让阿姨做了三菜一汤，咸烧白、青椒苦瓜、竹叶菜、炭火萝卜排骨汤。每次出国回来，我都点这几道菜。外留时间越长，它们越香，越解馋。人体之中胃最爱国。母亲不停地给我夹菜，轻声问：萝卜先生发展得好吧？我回答：很好很好，他的绿色蔬菜都卖到英国王宫去了。母亲高兴地说：教书写书，还搞副业，是个有造化的伢。顿了片时又嘟囔：山上的树蓬了好几圈，斑鸠成对飞，你该找个人了。我认真安慰：老娘放心，天快亮了，马上亮。这般执言有个依托，刚到家不久郁金香给我打了个电话，元旦前她要专程来看我，还有我妈。接下来，我埋下头静心品家常美食。我喝的汤用的是恩施的土猪排骨，慢慢地炖出了异国难得的鲜美。法国的猪太工业化，味糙，牛肉却普遍比我们的好。早已约定，罗贝尔再来武汉，第一餐我在家里请，主打东坡肘子，类似法国的夏多布里昂牛肉。这也是中法文化的共同点，因为英国没有莎士比亚牛排，意大利没有但丁比萨，德国没有歌德烤肠或黑格尔啤酒。除了东坡－布里昂，我们还有黎黄陂豆丝、毛氏红烧肉、戴高乐奶酪和普鲁斯特小蛋糕。

我和罗贝尔对美食的爱，更多的，着眼于形而之上，立足东方智慧，辅以巴特符号学。在《道德经》中，老子借助烹饪说了三句名言，至今还是法宝。第一句，治大国若烹小鲜；第二句，虚其心，实其腹；第三句，圣人为腹不为目。要治理好一个大国，领导人切莫像煎小鱼一样朝令夕改不停地翻动，如此折腾，小鱼会碎，山河会破。罗贝尔强调第三句最有说头。地球人获取外物靠眼睛，占比十分之九，耳鼻舌仅做副手，等同跑龙套。换句话说，五官之中眼睛最贪婪，看到什么都想要。胃也贪，却受限制。暴食暴饮会得病，再暴会丢命，为腹就是要控制欲望，适可而止，使人更为安逸自在。

晚饭刚结束，我接到书记打来的电话。一如在巴黎戴高乐机场，我的大脑又"嗡"的一声。昨晚七点，去英山的大巴翻了车，三十二人伤一大半，瘦子居多，最严重者手臂断了三节。事起于刹车失灵，幸亏司机处理得当，及时撞停在右山坡上。左边落悬崖，深达几百米，若掉下去，很难活出一个。伤员在县医院救护观察一夜，学校派车去接，半小时后抵达中南医院。我火速赶到约定地点，见了面，抱头小哭一场。书记和行政副院长等十人安然无恙，其余惨不忍睹，有的包着头，有的挂绷带，有的挂拐，有的蒙单眼，有的贴双疤。形形色色，五花八门。胖胖的行政副院长对我说：幸亏院长你躲过了，你最瘦，若一起翻颠，很可能伤得最重。我微微一笑，没有吱声。回到家，我一眼看到法国出版社的请柬。正面彩印一头雄狮和三只和平鸽，演绎拉封丹的寓言。我是狮子座，心头一暖，缓步走向大阳台，面对西方鞠一躬，深情道一句：感谢你，博大精深的法国文学。还要感谢罗贝尔的父亲，他让手下把我的机票向后延两天，给我升了个公务舱。那也是我第一次从巴黎躺着回中国。

时差彻底调整过来之后，我开始为罗贝尔三周后的讲学做准备。第一步，要求学生读一本原版法国简史。我始终认为，历史是文科的基石，薄了弱了，我们走不了远路。第二步，将法文版《光明之路》复印二十页，交给研究生阅读，准备有力度的问题。全印违法，使不得，老师的一举一动会潜移默化地影响学生。不讲规则，我们无法走到世界前列。第三步，罗贝尔酷爱中国白酒，在地下室里，他收藏了五十瓶，都不重样。我去麦德龙买了他没有的十种酒，花去三千二，却在我的承受范围内。三年间，大学教授的工资涨到了七千，翻了一番，还有一笔可观的年终奖。有的院系奖金超过了工资。我们与法国的差距在明显缩小，那几年的飞跃堪称世界奇迹。

第四步最重要，罗贝尔来华的前一周，我通过卓然和常丽请来了中国古画专家刘恒逸和博物馆的馆长，五人会聚东湖蓝天阁。我没说捐赠，只求鉴定。我拿出石涛

《苦瓜图》的高清照片，交给卓然。刘恒逸与馆长私聊，没关注，他见的假货太多，轻易不上心。常丽也看了一阵，两位几乎异口同声：好像是真的呢！刘恒逸转过头：什么真假，我瞧一眼。他拿过照片，看一小会，立马严肃，拿出放大镜，审读好一阵，喃喃道：这是袁世凯的家藏！居然是彩照。我心头一亮，暗自呼叫：今天遇高人了。刘恒逸急切地问我：照片哪来的？我如实回答。他追问道："能马上联系上他吗？"

我避重就轻：这画是真迹吗？刘恒逸实言：百分之百真，至于如何真，我不能说，那是祖传秘技。卓然敲起边鼓：老刘最啬啬说真，他说真一定假不了。我问值多少钱，刘恒逸道：这是无价之宝，谈钱意义不大，拿到它，一般人出不了手，弄不好还会丢性命。馆长解释说："石涛号称'苦瓜和尚'，一辈子只画过两幅《苦瓜图》。一幅在大不列颠博物馆，曾是老佛爷的心肝宝贝；另一幅在袁世凯手里，后来不知去向，他儿子克定说送人了，送谁都不知道。"刘恒逸拿放大镜继续看画，猛然惊呼："瞧，在乾隆的大印之下，还留了一串外国字，日期居然是 2006 年 9 月 10 日，一个多月前写的，怪哉，奇也。"我接过放大镜一看，是罗贝尔的签名，猜出了某种用意，心头掠过一道阴影，转念一想，又被阳光抹去。

四人目不转睛地看着我，馆长和蔼地催说："牛教授，如果没有特别秘密，你说说来历吧。"我喝几口茶，顿一会儿，如实交了底。馆长目光炯炯，一时说不出话。卓然问：就是五六年前那个随我们去九连墩的高个儿法国作家？我点点头。刘恒逸补充说："国内流到巴黎私人手上的真品比较多。"馆长追问："他为什么要捐给我们馆？"我笑答："这要感谢你的手下常丽，那回参观曾侯乙编钟，常丽一路陪随，用法语做了大量补充，又让他享受国首待遇，看了编钟的本尊，罗贝尔特别感动，当场表态，要为湖北省博物馆做一点贡献。他家里巨富，一直认为让文物回家是收藏家的最高境界，只是要投个机缘。"常丽道："来省博工作这么多年，像他那样认真、那么投入的，我还是第一次见到，当时说做点贡献，我以为只是说说而已。"馆长兴奋地说："你立了大功。"卓然打趣道："馆长昨天踩到狗屎了吧，你们马上要震惊全国。"并补充说："这位法国人的确是个角色，马头领告诉我，在明显陵的大坟堆上，他坐了整整三小时，反复说，我要接地气，下一部有关明代的小说会写得更好。"馆长和蔼一笑，想到别的，严肃地问我："罗先生哪天到武汉？"我答："10月9日，七天以后。"馆长提议："接机我们负责，10月9日是个好日子，宜于迁移交接，上午十点为吉时，办了捐赠仪式，中午吃个饭再去宾馆入住。我们派个中巴，牛教授、常丽和我，三人一起去，再派一个秘书、两位着旗袍的女迎宾。"

刘恒逸戏谑："馆长是怕夜长梦多吧。"馆长憨憨一笑，翻一会儿小黄本，坚毅地说："你转告罗贝尔先生，那一天他最好穿蓝上衣灰色裤。牛教授穿红上装，我穿白色汉服，常丽随意。"我微微一笑，心里暗想：如果我们老祖宗的衣着吉祥谱里真有这种组合，就夯实了艾田蒲的名言：法国是欧洲的中国，并旁证了老子出函谷关后去了高卢的说法。刘恒逸高兴地总结道，今天聚会是佳节，能看到彩照，也是福分。这彩照拍得很专业，堪称宝贝，留好，我只看过黑白的，那张黑白照片本身也成了文物，下落不明。一句话，我们感谢牛教授。馆长举杯提议，五人干了杯中酒。

回家第一件事，我给罗贝尔发了个电

子邮件，估计他在电脑前码字，立马得到回复：知道了，感谢，感激，马上筹备蓝西装，我听馆长安排，一定把《苦瓜图》交到他手里。我喜形于色，手舞足蹈，明显感到，他走出了阴影。继而，我想象他在捐赠仪式上的表情和言辞。罗贝尔属于冲动型人格，才华横溢，热情奔放，激动起来两眼闪烁，妙语连珠，与平时判若两人，还有一股奋不顾身的英雄气概。离开他家时，他曾送我一沓 A4 打印稿，共 50页，罗贝尔的占 37 页，克莱尔的 13 页。罗贝尔的作品以小散文为主，诗歌仅两首；克莱尔的以诗为主，散文两篇。在小散文中，罗贝尔讲了许多快乐的小瞬间，大言不惭地向圣诞老人讨要媳妇，也有女儿去外省读书留下的空虚、难以摸透的女性以及对写作的独到思考。第一首诗题为"献给克莱尔"，全译如下：

我把天空撕成碎片

拔掉山，偷得金羊毛勋章

和银色的鱼

把星星沉入怀疑的汪洋

为了找到你

我拢合几块大陆

学所有语言，逼供狮身人面像

藐视女预言家

辱骂先知，把灵魂卖给上帝

为了找到你

我点燃一堆堆篝火

照亮星辰，飘荡千里

临近犯罪

让词语失望，烧毁记忆

为了找到你

你与我的信念交错而过

在你眼中我读到我一无所知

我渴望无限

什么我都缺：存在，于你的爱中

为了找到我

原文我默默读了三遍，吟诵两回，自
发感动，这是一首掏心掏肺的好诗，行间
有大爱，碰到南墙头不回。在散文作品里，
罗贝尔重复最多的几句话是：生活重新开
始，我要活，我等待生活。仿佛有什么东
西把他往深渊里拽，他在苦苦挣扎。我多
少有点担忧。地球又在某个地点抖了一下，
我仰望高空，打了个寒战。常丽连续给我
打了两个电话，落实了捐赠仪式的几个细
节。清闲下来我感到有些怪异：这两天罗
贝尔没有回我的邮件，而且，我的左眼皮
跳个不停。接机前一日，我打开电脑，想
看看好友有什么吩咐，却接到他父亲发来

的一条短信：牛二教授，告诉你一个噩耗，前天晚上罗贝尔在家中结束了自己的生命，他去不了武汉了……

晴空一声雷，我呆在电脑前，足足愣了半小时。想给克莱尔打个电话，却发现我没有她的号码，继而自我解脱，如果她回应，会很尴尬。法国谚语说：不要弄醒睡着的猫。我翻国际电话小本，惊喜找到了米歇尔的号码，拨过去，正好她得空，我们谈了一刻钟。从米歇尔那儿我沉痛得知，罗贝尔为爱殉了情，也因抑郁症，他服剧毒而亡，毒药准备了两瓶，另一瓶搁在床头柜上。没有留遗嘱。餐桌上残留半盘苦瓜。

导火线燃于10月6日，罗贝尔去大商店买蓝色休闲西装，购得一件可心名牌，刚出店门却看到克莱尔甜蜜挽着一位年轻美男的手钻进一辆出租车。他已知心上人另有所爱，在一步步退却，邂逅的冲击却超出了他的承受能力，那一眼堪称压垮骆驼的最后一根稻草。那个年轻美男曾是他的学生。

回家后，罗贝尔给米歇尔平静地打了个电话，简述恶遇，末尾说，如同马拉美，我要写一部大书。米歇尔安慰许久，见他十分平静，放下了心。只可惜，主张极简的米歇尔对马拉美不了解，马拉美说的大书意味着死亡。米歇尔还透露：罗贝尔几度想自杀，被他救过一回，地点在卢森堡公园，是从花神咖啡馆溜去的，半路罗贝尔买了一根尼龙绳。这一回他想去武汉，也为自救。他请了半年学术假，在武汉讲学四周后，准备去黎元洪常住的天津，再去老子故里，并反复说，时空是最好的医生。很可惜，功亏一篑。

我暗自喟叹：苦瓜呀，道盘中的苦瓜！实可谓，慧极伤己，情深短寿。我没有再问殉情细节，充满感激与痛苦地挂了电话。

在宽大的书房里，我走了几个来回，看一看珞珈山，瞧一瞧绿树，路旁的界碑吸引了我。刹那间，我想起罗贝尔水园碑上那个写得像苦字的"若"，由此度向宋代禅师慧开，在《光明之路》里，罗贝尔三次颂扬他。慧开写了一首著名偈诗，二十八字，通俗明朗，接地通天："春有百花秋有月，夏有凉风冬有雪。若无闲事挂心头，便是人间好时节。""若"字最关键，它昭示逸美，扩宽你我的心胸。在字中串串笔画，你会发现，苦与若仅差半笔，却隔两重天。当中立一竖，像漏斗，啥事都往心里装，肯定痛苦不堪，往后阻碍加倍多。此乃执着于二元对立的罗贝尔的阻隔之处。他曾说，在精神深处，我太绝对，不会通融。"若"中这一撇表示避开、放下、糊涂，或说举重若轻、若有若无。世界本虚幻，何必那么认真，梨花洁白落满地，化为泥，谶语成真。在此我敬奉一联，也是自勉：若不撇开终是苦，各自捺住即成名。横批是：以自在为重。

还有一点小歉意：罗贝尔突破高人劝禁，向我说完牛角故事那一刻，我该向地上连呸三声，赶一赶调皮小鬼。岔过那一瞬，或许能拉长他的阳寿。宇宙恢弘世态无常，渺小的个体应该信一点什么。以笛卡尔理性著称的法国也有类似讲究。某某失手打破碗，旁人会说：A tes souhaits，相当于我们的"岁岁平安"；夸说了自己身体棒，有人立刻摸木头；送人一把瑞士组合刀，必须配一枚硬币，否则，有可能会割断友情。

我沉静许久许久，回了一封长信，努力安慰巨痛中的老人。那一赠一送早忘到九霄云外。彻底缓过神后，我给常丽打了个电话，虽然属于不可抗拒的外力，心头仍夹带几许歉意。馆长已请来央视考古频道的当家人，旁边的东湖宾馆里住了十几位大小报记者。但我不后悔当初没有带回那幅画，我越来越崇敬无形之手的力量。《苦瓜图》照片，我交给常丽一张。为了纪念罗贝尔，我找出他写武汉的一篇散文，共三页，推荐给《法国研究》发表了。老周加了个编者按："第一次来武汉，罗贝尔常说，我以后会经常来，在长江边看水，再上黄鹤楼，一天一个样，看江城的发展，看中国的兴旺。一如他所说的老子久住塞纳河畔，罗贝尔还在长江边散步，沉思，写作。"

与此相应，我去了一趟故居小河边的茶馆，在那儿我与罗贝尔曾欢谈三小时。我的目光突然开阔，顺沿小河看到了长江，注入太平洋，徜徉大西洋，进入塞纳河，逆流几百公里，到达罗贝尔的水园。恍惚我又觉得，罗贝尔让天神拉走，在另一个维度做了老子的书童，黄头发扎成一个小鬇，融合了东与西。眼睛一眯缝，我又辨出一串串足迹。那里有罗贝尔的《光明之路》。在蛐蛐的叫声中，我听到庙里的暮鼓，听到教堂的钟声，眼前豁然一亮，犹如禅师的顿悟。

从小处着眼，我窥见一景。那日我在餐馆吟诵的"米拉波桥"，说的也是罗贝尔与克莱尔之间的故事。克莱尔要走，罗贝尔想留，却没留住。缘由我不清楚，也不想搞清楚。在法国第一诗中画家玛丽要走，源于阿波利奈尔的家暴，而且一而再再而三。他酒一喝多，便是玛丽的地狱。阿波利奈尔比较灵活，玛丽离去后，他掉头爱上一个美丽护士，须臾结婚，三十八岁那年，却死于西班牙流感。登西之前，朋友们将玛丽的画从阿波利奈尔家里拿到医院，挂在病床前的墙上，大诗人的眼睛闭得很安详。

三十二年后，玛丽下葬，胸前放着阿

波利奈尔写的《米拉波桥》。此诗已谱成曲，唱遍法兰西，响彻全世界。我查了很多资料还不确定，以阿波利奈尔的诗随葬画家，到底是朋友的良好的祝愿，还是玛丽的遗愿。奋不顾身的罗贝尔却一头走到黑，如诗中所写："不论是时间还是爱情／过去了就不再回头／塞纳河在米拉波桥下奔流。"他只能在梨花瓣上慢慢地走。

那几天，母亲经常劝导，像是劝我，又像安慰她自己：说来说去都是命，半点不由人，有孝心作业的，到了阴间会享大福，老天爷有双层法眼。我完全赞同，心头又一亮，亮过两次，我有了信仰，而且虔诚。再去神圣之地，我都自命凡俗，诚心捐款，伏地跪拜，不管佛庙、道观、教堂，还是清真寺。也有一定的基础，当年住卡门公寓，我常去做弥撒。纯宁时，我用五法郎请一根白蜡烛，跪在圣母前祈祷：圣玛利亚，请让我解脱出苦海。到如今我还有一点儿泛神论。那日随系里郊游，我们遇见一棵千年古树，荫蔽十余亩，巍峨雄伟。树下坐个小老头，在收钱，眼光俗浊，动作猥琐。我不假思索，出钱请了三条红绸带，虔诚地挂于枝间，而后跪在最粗的树根上，磕了三个头。同事们笑我，我暗中自语：大神之下有小神，到处可能有神，人或诱我、骗我、糊弄我，我心中面对的却是真神。

弹指又过了半年多，我清理罗贝尔的文稿，翻出那两张青花瓷照片，一瞬糅合三维，我心潮如浪，感慨良多。两波之间，荡出故友的托请。第三天，我托卓然帮忙，邀来一位懂点法语的瓷器收藏名家，也是考古大咖。这一回只有我们三人，聚于武大门口的炭烧咖啡馆。春风已绿珞珈山，生机遍地。因是熟人和熟人的熟人，交谈颇实诚。我从专家那儿得知，这个盘子曾是圆明园的藏品，由忽必烈定制，取名"老子出关"，全世界只有一对，分道盘与德盘。现如今，德盘藏在台北故宫博物院，属于镇馆之宝。这一次，我没有问价钱，眼前浮现出中国十大传世名画之一的《富春山居图》，几经易手，画卷分为两段。前半卷收藏于浙江省博物馆，后半卷落户台北故宫博物院。某个声音在说，两画能合在一起，一定会天雨粟鬼夜哭。

道盘的含义更丰富，所指更宏伟，价值更高。它构成老子学说的核心，架起一国的精神脊梁。如今德在台湾，道不见了，文人纷求诸野，令人唏嘘，也是某种局态的写照。两盘若合并，将惊天动地，搅动宇宙。话来语去刹那之间，我失去对人为的信任。专家询问照片的来源，我说是在巴黎的旧货市场淘的，非固定摊位，仅此一张。话往另一端说，道盘只是一个盘子，也是普通之物。倘若确定第二天地球要毁灭，人间一切价值都归零。专家与卓然声声叹息，失去线索，可惜，可惜，太可惜。我暗想，如果固封自守，占山为王，不与地球的阳面共节奏，那个道回来了也会破为碎片。形骸如此，就让道盘自己寻找回家的路吧。该靠天的，只能靠天。

俗人终究是俗人，想高尚一回的我，最后还是落入俗套。分手前，专家要用一块玉换我的瓷盘照片。我推拒一阵，还是让了步，专家极度兴奋。在回家的路上，卓然告诉我，这块玉起码值五十万元，道盘比《苦瓜图》贵百倍。我反应平平，搪塞两句，从容迈我的小闲步，心里清楚，那张照片也珍贵，相当于威虎山的联络图，罗贝尔在反面写了他父亲的电子邮件。就看专家的造化了。临近校园，我与卓然分手，他还有一个应酬。我取道风光村，慢慢地走，看到烧饼摊，我想起小男孩扯罗贝尔手臂上的汗毛。我停住脚步，口中低吟：啊，苦瓜。耳听东湖浪打浪。随后烹苦瓜，我会放一点糖，味道更鲜醇。在色香味中，苦变成若。上善若水的若。

杜青钢于武汉大学

2023 年 7 月 21 日初稿

2023 年 9 月 26 日二稿

2024 年 11 月 5 日定稿于珞珈山